그래도 사랑합니다

그래도 사랑합니다

지은이 강준민 김경원 김남준 김동호 김병삼 김상복 김학중 류철랑
박상훈 이동원 이수영 이철신 전병욱 조용기 최일도 홍정길
1판 1쇄 인쇄 2010년 10월 13일 | 1판 1쇄 발행 2010년 10월 18일 | 발행인 신혜경
발행처 마음의숲 | 등록 2006년 8월 1일(105-91-03955) | 주소 서울시 마포구 서교동 464-46 서강빌딩 201호
전화 (02) 322-3164~5 팩스 (02) 322-3166 | 마음의숲 카페 cafe.naver.com/lmindbookl
기획 권대웅 | 편집 박희영, 유석천, 안은광 | 디자인 오민재 | 마케팅 노근수, 김국현 | 홍보 인터넷사업팀 박도영
ISBN 978-89-92783-38-5 03810

그래도 사랑합니다

강준민 김경원 김남준 외

마음의숲

차례

01

두려움 없는 사랑은 없다고들 하지만 사실 두려움이 있다면 진정한 사랑은 존재할 수 없다.

간디

강준민

묵상하고 기도하며 얻은 깨달음을 사람들에게 전하며 끊임없이 이 시대의 영적 성숙을 위해 고민하는 목회자입니다. 서울신학대학교 졸업 후 아주사신학대학원, 탈봇신학교를 마쳤습니다. 국제복음주의학생연합회와 미주 두란노서원의 큐티 세미나 강사로 섬기며 미국 LA 소재 로고스교회, LA 동양선교교회에 이어 새생명비전교회 담임목사로 섬기고 있습니다.

사랑하면 두려움을 이길 수 있습니다

제가 무서워하는 것 중에 하나는 개입니다. 어릴 적부터 개가 무서웠습니다. 개가 짖으면 온몸에 닭살이 돋았습니다. 저는 닭띠입니다. 그래서인지 닭이 개를 무서워하는 것은 당연하다고 생각했는지도 모릅니다. 그래서 절대로 개는 키우지 않으리라 생각했습니다. 개는 좋아할 수도 사랑할 수도 없는 존재라고 생각했습니다.

그런데 우리가 경험하는 것처럼 세상이 우리 생각대로만 되는 것은 아니지 않습니까. 얼마 전 사위가 바셋 하운드라는 개를 플로리다에서 입양해 왔습니다. 사위와 딸이 개의 이름을 로리라고 지었습니다. 로리는 작은 애완용 개가 아니라 중형 개입니다. 집에 데리고 올 때마다 어찌해야 할지를 몰랐습니다. 말은 안 했지만 당황이 되었습니다. 도대체 어떻게 소통해야 할지를 몰랐습니다. 저만 보면 짖어 댑니다. 으르렁거립니다. 인격적으로 대하려고 하는데 도대체 제 말을 알아듣지 못합니다.

사위가 집에 개를 데려다 놓으면 먹이를 주어야 하는데 먹이를 주기 위해 밖으로 나가면 짖어 댑니다. 물을 주려고 수도꼭지를 틀면 흥분해서 뛰어다닙니다. 빨리 먹이를 준 후에 도망치듯 방으로 들어올 때마다 세상 살맛이 나지 않았습니다.

저는 목회자입니다. 교회에서 교인들 앞에서 폼을 재며 의젓하게 행동하곤 합니다. 그런 제 모습에 비하면 로리 앞에서 제 모양이 초라하기 그지없었습니다. 개 한 마리 제대로 길들이지 못하면서 무엇을 하겠다는 건지 모르겠다는 자책감도 들었습니다. 그래서 개에 대해 연구하기 시작했습니다. 우선 우리 집에 입양되어 온 개를 인터넷에서 찾아보았습니다. 인터넷에 나온 내용은 다음과 같습니다.

바셋 하운드의 원산지는 프랑스입니다. 다리가 짧고 몸집이 큰 개입니다. 기회가 있으면 게으름을 피웁니다. 그래서 살이 찌기 쉽습니다. 토끼와 오소리 사냥에 탁월합니다. 고집이 세서 길들이기가 힘이 듭니다. 바셋 하운드의 짖는 소리는 마치 뱃고동 소리처럼 크고 탁합니다. 잘생기지는 않았고 곁눈질로 노려보는 것을 좋아합니다. 눈치를 잘 봅니다. 저를 쳐다보는 모습이 그렇습니다. 노려보기도 하고 제 눈치를 살피기도 합니다. 때로는 저를 우습게 여기는 것 같은 느낌이 들 때도 있습니다.

제 삶의 방식 중에 하나는 피할 수 없는 것이라면 사랑하는 것입니다. 로리가 집에 입양되어 들어온 이상 로리를 피할 수 없음을 알았습니다. 그렇다면 제가 해야 할 일은 사랑하는 것뿐이었습니다. 사랑은 선택이요, 결단입니다. 저는 로리를 사랑하기로 선택하고 결단하면서 개에 대해 관심을 갖기 시작했습니다. 사랑은 관심입니다. 관심은 사랑하는 대상을 마음에 두는 것입니다. 관심을 갖게 되면 관찰하게 됩니다. 관찰하게 되면 많은 것을 보게 되고 알게 됩니다.

로리에 대해 관심을 갖게 되면서 이전에 보지 못했던 것들이 눈에 들어오기 시작했습니다. 로리가 집에 들어온 날부터 저는 밖에 나갈 때마다 여러 종류의 개들을 만나게 되었습니다. 이전에 그냥 지나쳤던 개들이 눈에 들어오기 시작했습니다. 저는 세상에 개들이 이렇게 많을 줄 이전에 미처 몰랐습니다. 미국에만 6천 5백만 마리의 개가 있습니다. 개들이 많다는 것은 개를 돌보아 주는 동물 병원도 많다는 것을 의미합니다.

로리를 사랑하면서 저는 개의 심리에 대해 공부하기 시작했습니다. 사랑한다는 것은 사랑하는 대상을 알아가는 것입니다. 우리는 보지 못하는 사람을 사랑할 수 있어도 알지 못하는 사람은 사랑할 수 없습니다. 시각장애인은 보지 못하지만 자기 가족을 사랑합니다. 자기 자녀를 사랑합니다. 그렇지만 알지 못하는 사람을 사랑할 수는 없습니다. 사랑하기 위해서는 어느 정도의 지식이 있어야 합니다. 엄밀한 의미에서 우리는 아는 것만큼 사랑하고 사랑하는 것만큼 알 수 있습니다. 아는 것만큼 보이고 보는 것만큼 사랑하게 됩니다. 물론 시각장애인들은 눈으로 볼 수 없기에 마음으로 보고 접촉으로 사랑하게 됩니다.

저는 로리를 알아 가기 위해 전문가의 도움을 받아야 할 필요가 있다고 생각했습니다. 개를 정말 사랑하고 개를 잘 아는 사람을 통해 도움을 받는 것이 좋다고 생각했습니다. 개의 심리를 이해하는데 도움이 된 책은 세사르 밀란이 쓴 《도그 위스퍼러》라는 책입니다. 그 책을 통해 개는 사람과 다르다는 것을 배웠습니다. 또한 개는 본래 늑대 과에 속한다는 것을 알게 되었습니다. 저는 로리를 동물로 생각하지 않고 사람으로 대했습니다. 로리를 대할 때, 사람처럼 인격적으로 대했습니다. 물론 인격적으로 대하는 것이 나쁜 것은 아니지만 개는 인격적으로 대하기 전에 동물의 속성을 따라 대해야 함을 알게 된 것입니다.

저는 개를 사랑하기 위해서 개를 사랑하는 방식을 배워야 했습니다. 사랑에도 기술이 필요합니다. 우리는 먹고살기 위해서는 기술을 배우고 익히면서 사랑을 위해서는 기술을 연마하려고 하지 않습니다. 인간의 행복은 사랑에 있음을 알면서도 말입니다.

에리히 프롬이 쓴 《사랑의 기술》이란 책은 우리에게 사랑에도 기술이 필요함을 잘 가르쳐 줍니다. 사랑의 기술 중에 하나는 배려입니다. 배려란 상대방의 입장에 서서 그의 필요를 채워 주는 것입니다. 내 생각, 내 방식을 잠시 내려놓고 상대방이 원하고 상대방이 필요한 방식을 따라 사랑하는 것입니다. 그것이 배려입니다. 개에게 필요한 사랑의 방식은 운동, 훈련, 그리고 애정임을 배웠습니다.

개가 가장 행복한 상태는 복종하는 상태입니다. 복종하는 상태는 힘이 빠질 때 가능합니다. 그래서 개는 하루에 한 번씩 함께 걸어 주어야 합니다. 운동을 통해 그의 에너지를 소모시켜 주어야 합니다. 그때 개는 복종하는 상태가 되고 아주 평화로워집니다.

개에게 필요한 것은 훈련입니다. 잘못 길들여지면 개는 버릇이 나쁜 아이처럼 되어 버립니다. 개가 버릇이 나쁜 채 성장하게 되면 주인도 힘이 들지만 버릇없는 개를 만나는 사람들도 힘이 듭니다. 개는 훈련을 통해 길들여질 때 행복해집니다. 다른 개들과 잘 어울리게 됩니다. 개는 사회적 동물입니다. 그래서 개는 더불어 살고 더불어 살아가는 법을 배웁니다.

사랑에는 훈련이 필요합니다. 훈련이란 고통을 먼저 선택하고 즐거움을 나중에 누리는 것입니다. 개를 훈련하기 위해서는 개 주인은 개를 훈련시키는 고통을 먼저 선택해야 합니다. 생텍쥐페리는 《어린 왕자》에서 사랑한다는 것은 길들이는 것이라고 말합니다. 훈련을 통해 잘 길들여진 개는 사랑스런 개로 성장하게 됩니다.

저는 개에 대해 차츰 배워 가면서 개에게 필요한 것은 리더십이 먼저이며 그 후에 애정이 필요하다는 것도 배웠습니다. 개를 움직이는 가장 강력한 힘은 에너지며 개는 코, 눈, 귀의 순서로 모든 상황을 판단한다는 것도 배웠습니다. 개는 누구보다 우두머리에게 복종하는 것을 알았습니다. 개는 자신이 복종할 수 있는 리더를 만날 때 평화로운 삶을 살게 됩니다.

로리를 진정으로 사랑하기 위해 저는 리더십을 발휘해야 했습니다. 개는 그에게 주인이 있다는 사실을 인지하고 그 주인의 보호 아래 있다는 사실을 알 때 안정감을 갖게 되고 평화롭습니다. 그런

까닭에 세사르 밀란은 주인이 먼저 음식을 먹은 후에 개에게 음식을 주라고 가르칩니다. 그것은 개를 사랑하지 않아서가 아니라 그런 과정을 통해 개가 주인을 알아보고 주인에게 복종함으로 평화롭게 살게 된다는 것입니다.

제게 가장 힘든 일은 로리와 소통하는 것이었습니다. 사랑이란 소통하는 것입니다. 통하지 않으면 고통이 옵니다. 통할 때 통증이 사라지고 유쾌해집니다. 저는 로리와 소통하는 법을 배우면서 예수님의 마음을 알게 되었습니다. 왜 예수님이 하나님이면서 인간의 몸을 입고 왔는지 알게 되었습니다. 사람이 하나님이 되는 것은 불가능합니다. 그렇지만 전능하신 하나님은 사람이 될 수 있습니다. 전능하기 때문입니다.

예수님은 우리와 소통하기 위해 친히 인간의 몸을 입고 이 땅에 왔습니다. 우리의 언어로 우리와 소통하기 위해 육신의 몸을 입은 것입니다. 개가 사람이 될 수 없고 사람도 개가 될 수 없습니다.

저는 로리와 소통하기 위해 잠시라도 개가 되고 싶은 마음이었습니다. 그렇게 해서라도 소통하고 싶었습니다. 그러나 그것은 불가능한 일이었습니다. 그래서 저는 소통을 위해 개의 언어를 배우고 익히기로 했습니다. 개의 몸짓, 꼬리의 모습을 통해 언어를 배웠습니다. 개의 눈빛을 통해 개의 상태를 알아차리기 시작했습니다.

개 안에는 늑대의 본성이 있습니다. 그래서 순식간에 사람을 물게 됩니다. 개에 물려 상처를 입고 죽은 사람도 있습니다. 사나운 개 곁에 어린아이를 방치해 두는 것은 아주 위험합니다. 우리는 개가 길들여지지 않으면 사람을 죽일 수도 있다는 사실을 알아야 합니다.

저는 개의 심리를 배우면서 사람의 심리를 배우게 되었습니다. 인간 안에도 늑대와 같은 본성이 있습니다. 그래서 사람이 사람을 죽이는 것을 봅니다. 우리 안에 있는 나쁜 본성을 길들이지 않으면 우리 인생도 힘들어집니다. 나쁜 본성을 선한 본성으로 바꾸지 않으면 우리 인생은 불행해집니다. 개는 사람이 아니라 동물임에 틀림이 없습니다. 그렇지만 개는 사람들과 아주 가까이서 수천 년 동안을 함께 지내 온 동물입니다. 앞으로도 개는 우리 곁에서 살아갈 것입니다.

개를 알아 가면서 개에게서 배울 것이 많았습니다. 개는 주인과 주인의 가족들에게 충성합니다. 천성적으로 집을 잘 지킵니다. 개는 주인을 사랑합니다. 주인의 애정을 좋아하고 또한 주인에게 그의 온몸으로 사랑을 표현합니다. 인간은 쉽게 싫증을 느끼지만 개는 그러는 법이 없습니다. 한번 주인을 따르면 평생을 따릅니다.

저는 개를 사랑하기 위해 개의 심리를 배우면서 개에 대한 두려움을 극복하기 시작했습니다. 사랑은 두려움을 내어 쫓습니다. 사랑한다는 것은 알아 가는 것입니다. 알아 가기 시작하면 두려움이 점점 사라집니다. 우리의 두려움은 무지에서 옵니다. 우리는 잘 알지 못하는 것을 두려워합니다. 미리 겁을 먹고 방어하기 시작합니다. 사랑한다는 것은 이해한다는 것입니다. 장애우와 일평생을 함께 보낸 장 바니에는 "우리는 이해하지 못하는 사람을 정신병동에 가두었다."고 말했습니다. 물론 특별한 경우도 있지만 우리가 정신질환자로 취급하는 사람을 우리가 이해할 수만 있다면 그들을 정신병동에 가둘 필요가 없을 것입니다. 괴테는 "인간은 자신이 이해하지 못하는 것은 경멸한다."고 말했습니다.

우리 인생의 문제는 이해의 문제입니다. 우리는 이해하는 것을 사랑하게 됩니다. 또한 사랑하는 것만큼 이해하게 됩니다. 결국 이해의 문제는 사랑의 문제입니다. 사랑과 이해는 밀접한 관계가 있습니다. 어느 것이 먼저라고 말할 수 없습니다. 그것은 신비에 속합니다. 우리가 누군가를 사랑하게 되면 그 사람을 이해하게 됩니다.

사랑하면 보이고, 사랑하면 느끼고, 사랑하면 이해하게 됩니다. 또한 이해하면 할수록 그 사람을 더욱 사랑하게 됩니다. 사랑하면 이해하지 못할 것이 없고, 이해하면 사랑하지 못할 대상이 없습니다. 폴 투르니에는 "사랑하는 사람은 이해하며 이해하는 사람은 사랑한다. 이해받고 있다고 느끼는 사람은 사랑받는다고 느끼며 사랑받는다고 느끼는 사람은 확실히 이해받고 있다고 느낀다."고 말했습니다. 개도 마찬가지입니다.

저는 개를 이해하기 위해 개를 오랫동안 키운 분들에게 조언을 구했습니다. 개가 무엇을 좋아하는지, 어떻게 대화해야 하는지를 배웠습니다. 개를 사랑하는 분들의 조언은 큰 도움이 되었습니다. 개를 키우면서 개를 사랑하는 분들의 마음을 알게 되었습니다.

주철환 씨는 그의 책 《청춘》에서 좋아하는 것과 사랑하는 것을 구분합니다. 그는 "강아지를 좋아하는 사람은 강아지를 잡아먹지만 강아지를 사랑하는 사람은 강아지를 키운다."고 말합니다. 개를 좋아하는 사람은 개를 사육하지만 개를 사랑하는 사람은 개를 사랑으로 키운다는 것입니다. 물론 좋아하는 것과 사랑하는 것을 이처럼 쉽게 공식화할 수는 없을 것입니다. 한국 문화 속에서 이런 표현은 조금 지나치다는 것도 압니다. 그렇지만 사랑에 대해 한 번쯤 생각해 볼 수 있도록 도와주는 가르침에는 틀림이 없습니다.

저는 로리를 통해 많은 것을 배우고 있습니다. 무엇보다 사랑하는 법을 배우고 있습니다. 다시 한 번 사랑은 결단이며, 사랑은 두려움을 물리칠 수 있다는 것을 배우고 있습니다. 개에게도 애정이 필요하다는 것을 배우고 있습니다. 그렇다면 사람은 말할 것도 없습니다. 사랑을 위해 서로를 알아 가도록 합시다. 사랑을 위해 서로를 이해하도록 합시다. 사랑을 위해 소통하는 법을 배우도록 합시다. 무엇보다 서로 배려하는 사랑을 통해 이 세상을 아름답게 만들어 갈 수 있기를 소원합니다.

02

아라비아 속담에 의하면 불사조나 귀신이 존재하지 않듯이 마음이 통하는 참된 친구도 존재하지 않는다지만 나는 그 모두를 내 이웃들 중에서 발견했노라고 그대에게 말하겠다.

칼릴 지브란

김경원

영남대학교 행정학과, 총신대학교 총신대학원을 졸업하고 미국 리폼드신학대학원에서 목회학 박사를 취득했습니다. 총신대 재단이사, 웨스트민스터신학대학원대학교 총장을 역임하고 서현교회 담임목사로 사역하고 있습니다. 또한 총신대학교 재단 이사와 옥한흠 목사 뒤를 이어 교회 갱신을 위한 목회자 협의회 대표입니다. '하나 됨, 나눔, 섬김' 이라는 목회 철학 아래 장기기증운동 및 지역사회 봉사를 하며 사랑의 공동체를 세워 가고 있습니다.

내 이웃이 누구입니까

요즘 뉴스에서 나오는 아동 범죄 사건을 보면서 저는 참 이웃은 누구인가 하고 되묻게 됩니다. 말 그대로 가까이에 사는 옆집 사람이 우리의 이웃인가요? 어린이 유괴범의 60퍼센트가 면식범으로 이웃 사람이라고 하니 그것도 아닌 것 같습니다.

이에 대한 답변으로 예수님은 선한 사마리아인의 비유를 들어 명쾌하고도 확실하게 진정한 이웃에 대해 말씀하십니다. 어느 날, 한 율법학자가 예수님께 찾아와서 질문했습니다.

"내가 무엇을 하여야 영생을 얻을 수 있습니까?"

이 질문은 정말 궁금해서 물은 것이 아니었습니다. 그는 예수님을 시험하고자 하는 의도로 '자신은 율법을 잘 아는 박사인데 갈릴리에서 온 당신이 율법을 좀 아느냐?'라는 투로 말한 것이었습니다. 이에 대해 예수님은 하나님을 사랑하고 이웃을 사랑하라고 답했습니다.

그때 이 사람이 두 번째 질문을 했습니다.

"내 이웃이 누구입니까?"

물론 이 질문도 정말 참 이웃이 누구인지 알고 싶어서가 아니라 자신의 의로움을 보이려고 한 것입니다. 자신을 사람들 앞에 옳게 보이려는 마음에서 나온 물음이었습니다. 그런 그들에게 예수님은 선한 사마리아인의 일화를 들려주었습니다.

수도 예루살렘에서 여리고라는 지역으로 내려가는 후미진 곳에서 어떤 유대인이 강도를 만났습니다. 그는 강도에게 가지고 있던 돈을 다 빼앗기고 두들겨 맞아 거반 죽을 지경이 된 채 길가에 버려졌습니다. 그때 당시 종교지도자인 제사장이 그곳을 지나다가 피투성이가 되어 죽어 가는 그 사람을 보았습니다. 그러나 그는 그를 못 본 척하며 그곳을 피해 지나갔습니다. 그 다음에 당시 유대인들 중에도 상류 종교인에 속하는 레위인이 쓰러진 유대인을 보았습니다. 그러나 레위인도 제사장과 마찬가지로 그 광경을 보고는 다른 길로

줄행랑을 쳤습니다.

세 번째로 당시 비천한 취급을 받던 사마리아인이 길가를 가다가 죽어 가고 있는 그를 보았습니다. 사마리아인은 그를 가엾게 여겨 도와주었습니다. 자신의 올리브유와 포도주로 응급조치를 하고 자기가 타고 가던 짐승에 아픈 사람을 태워 인근 여관으로 데리고 갔습니다. 또한 밤새도록 그를 위해 간호를 하고 다음 날 일찍 급한 일 때문에 떠나면서 가지고 있던 돈을 여관 주인에게 다 주면서 그 환자를 잘 돌보아 줄 것을 부탁했습니다. 그리고 만약 경비가 더 들면 오는 길에 반드시 갚아 주겠다고 약속을 하고 새벽길을 떠났습니다.

이 이야기를 하면서 예수님은 가서 너도 이와 같이 하라고 결론을 맺습니다. 그 비유 속에서 우리는 몇 가지 깨달음을 얻을 수 있습니다.

첫째, 진정한 이웃이 누구인가 하는 것입니다. 선한 사마리아인 이야기에는 네 명이 등장합니다. 강도, 강도를 만난 유대인, 종교지도자인 제사장, 상류층인 레위인, 사마리아 사람입니다. 강도는 다른 사람을 헤치는 사람입니다. 레위인이나 제사장은 무관심한 사람입니다. 그러나 사마리아인은 사랑을 베푸는 사람입니다.

유대인들에게 있어서 이웃이 누구냐는 문제는 중요한 것이었습니다. 유대인들은 같은 동족만이 이웃이었습니다. 특히 사마리아인을 사람 취급도 하지 않고 전쟁으로 인해 다른 민족과 혼혈이 되었다 하여 개처럼 멸시했습니다. 그와 같은 생각을 가지고 있던 율법학자에게 이웃은 유대인이었습니다. 그는 제사장과 레위인을 이웃이라고 생각했습니다. 그러나 예수님은 상식을 뛰어넘어 참된 이웃은 자비를 베푼 사람이라고 대답했습니다.

참 이웃은 바로 자비를 베푼 사람입니다. 친척이나 혈통이 문제가 아니라 진정으로 자비를 베풀어 주는 사람이 우리의 이웃입니다. 사랑을 베푸는 이만이 이웃이라 말할 수 있습니다.

둘째, 나에게 선한 사마리아인과 같은 이웃은 누구인가 하는 것입니다.

사마리아인은 유대인으로부터 천시를 받던 사람입니다. 그런데 강도를 만나 어려움에 처한 사람이 누구입니까? 바로 유대인입니다. 일반적으로 자기를 무시하고 적대시하는 사람이 강도를 만나 위기에 처한 것입니다. 만약에 나를 아주 미워하고 못 살게 구는 사람이 불행을 당하고 있는 것을 보면 내 마음속에 어떤 마음이 듭니까? 솔직하게 나를 아주 미워하고 원수 같은 사람이 불행을 당했습니다. 증오하는 사람의 아들이 대학 입학시험에 떨어졌다거나 내가 제일 미워하는 사람이 갑자기 불치병에 걸렸다고 하면 어떤 생각이 떠오릅니까?

아마도 우리 마음에는 "꼴좋다. 아, 속 시원하다. 잘 됐다."라는 생각이 들 것입니다. 이처럼 우리에게는 다른 사람의 불행을 나의 행복으로 생각하는 타락된 양심이 있습니다. 즉, 평범한 사람이라면 나를 못 살게 굴던 사람이 쓰러져 있는 것을 보고 그냥 지나쳤을지도 모릅니다.

그러나 사마리아 사람은 불쌍히 여겨 치료해 주고 사랑을 베풀었습니다. 혈통과 신분이 다르고 더욱이 자신을 이웃으로 생각하지 않는 사람이었지만 그는 쓰러진 유대인을 측은히 여겨 일단 사람을 살리기로 마음을 먹습니다. 아파하는 마음으로 가까이 가서 치료해 주고 자신의 돈을 주었습니다. 자신을 업신여기고 천하게 보는 사람임에도 불구하고 사마리아인이 유대인을 구한 이유가 무엇이겠습니까. 그것은 자신의 감정보다 더 시급하고 갈급한 것이 있었기 때문입니다. 바로 생명을 살리는 일이 그에게 무엇보다 중요했던 것입니다.

사랑과 자비는 생명과 직결되어 있습니다. 어렵고 힘들 때마다 찾아와 격려하고 사랑을 주면 없던 힘도 납니다. 고민이 있을 때 함께해 주는 사람, 어렵고 힘들 때마다 찾아갈 수 있는 사람, 내가 힘들 때마다 나를 위해서 기도해 주고 격려해 주고 도움을 주는 사람. 이런 사람이야말로 이 시대의 선한 사마리아인이라고 볼 수 있습니다. 보살펴 주고 상의해 주는 것만으로도 사마리아인처럼 생명을 살릴 수 있음을 기억해야 합니다.

셋째, 내가 사랑을 베풀어야 할 이웃은 누구인가 하는 것입니다. 선한 사마리아인 이야기는 비유만으로 끝나지 않습니다. 예수님은 이 이야기를 다 하시고 율법학자에게 묻습니다.

"누가 참 이웃이냐?"

율법학자가 대답합니다.

"자비를 베푼 사람입니다."

예수님께서 다시 말합니다.

"너도 가서 이와 같이 하라."

가서 너도 선한 사마리아인과 같이 되라는 것입니다. 이는 나 자신이 선한 사마리아인이 되어야 한다는 것입니다. 우리 자신이 강도와 같이 다른 사람에게 해를 끼치는 사람이 되어서는 안 됩니다. 또 레위인이나 제사장처럼 무관심한 사람이 되어서도 안 됩니다. 선한 사마리아인과 같이 되어야 합니다.

그럼 우리가 베풀어야 할 이웃이 누구입니까? 민족과 혈통을 초월해서 모든 사람이 우리의 대상이 됩니다. 그러나 먼저 가장 가까이에 있는 이웃에게 자비를 베풀어야 합니다. 여러분 옆에 가장 가까이에 있는 사람은 누구입니까? 바로 가족입니다. 남편과 아내, 자녀들, 부모님에게 위로와 사랑을 베풀어야 합니다.

만약에 아내가 지금 강도를 만난 것 같은 고통이 있을 때 나와 상관없는 일이라 여기면 안 됩니다. 또한 남편이 사업, 직장이나 여러 가지 일로 지쳐 있을 때 무관심하면 안 되는 것입니다. 자식이 학업이나 취업으로 힘들어 할 때 부모가 선한 사마리아인과 같이 이웃이 되어서 베풀어야 합니다. 가장 가까이에서부터 자비를 베풀어야 합니다. "걱정하지 마라. 힘내자."라고 말하며 위로와 소망을 주어야 합니다. 그것이 선한 이웃이 되는 길입니다.

03

사람들은 종종 불합리하고 비논리적이며 자기중심적이다. 그래도 사랑하라.

켄트 케이스

김남준

안양대학교의 전신인 대한신학교 신학과를 야학으로 마치고, 총신대학교에서 목회학 석사와 신학 석사 학위, 신학 박사 학위 과정에서 공부했습니다. 안양대학교와 백석대학교에서 전임 강사와 조교수를 지냈고, 1993년 열린교회를 개척하여 담임하고 있습니다. 또한 총신대학교 신학과 석좌교수로도 재직하고 있습니다. 시류와의 영합을 거절하는 청교도적 설교로 널리 알려져 있으며 조국 교회에 바르고 깊이 있는 개혁신학적 목회가 뿌리 내리기를 갈망하며 연구와 설교, 집필에 힘쓰고 있습니다.

사랑할 수 없는 사람을 사랑하라

"너희가 만일 너희를 사랑하는 자만을 사랑하면 칭찬 받을 것이 무엇이냐 죄인들도 사랑하는 자는 사랑하느니라."

예수님께서 우리에게 가르쳐 준 교훈들 가운데 가장 빛나는 교훈이지만 우리가 따라가기 힘든 교훈이 있다면 바로 '원수를 사랑하라.' 는 교훈일 것입니다.

병든 사람들이 예수님 앞에 나아 왔을 때에 바리새인들은 안식일에 예수님이 저들의 병을 고치는지 시험 삼아 살펴보고 있었습니다. 율법에 의하면 그들은 안식일에 병을 고쳐서는 안 된다고 믿었습니다. 그러나 예수님은 그들의 병을 고쳐 주었습니다. 바리새인

들보다 하나님을 덜 사랑하고 율법을 무시해서가 아니라 오히려 안식일에 병중에 고통받는 사람들을 고쳐줌으로 율법의 대의가 사랑이라는 사실을 보여주고 싶었던 것입니다.

예수님께서는 그 사랑의 정신으로 병든 자를 고쳤고 이어서 천국 백성이 이 세상에서 어떻게 살아가야 하는지를 가르쳐 주었습니다. 그 가르침의 절정이 바로 원수를 사랑하라는 것이었습니다. 그것이 바로 믿는 자들의 빛 된 생활이라는 사실을 강조하면서 원수를 사랑하라는 본격적인 계명에 이르기 전에 우리가 우리를 사랑하는 사람들만 사랑한다면 칭찬받을 것이 무엇이냐 물으며 죄인들도 그렇게 사랑한다고 말씀하셨습니다.

세상 사람들에게는 자기를 사랑해 주는 사람에게 원수가 아닌 사랑으로 보답하는 것만으로도 충분히 훌륭한 일이 될 수 있습니다. 그러나 천국 백성들은 그러한 세상 사랑의 표준을 넘어서야 합니다. 예수님께서 가르치는 표준은 원수까지도 사랑하며 자기를 사랑하는 사람들을 사랑하는 사랑에 만족하지 않는 것이었습니다. 이 말을 가슴에 깊이 아로새기기 위해 우리는 사랑의 정의부터 차근차근 살펴봐야 합니다.

사랑이란 어떤 대상을 궁극적인 목표로 삼고 그에게 끊임없이 붙어 있고 그만을 즐거워하려는 마음과 정신의 작용입니다. 즉 사랑함에 있어서 그 대상을 사랑하는 것 이외에 다른 목적이 있다면 그것은 참사랑일 수 없습니다. 예를 들어 우리가 누군가를 사랑하는데 그 이유가 그가 가진 돈 때문이라면 그것은 그를 향한 사랑이 될 수 없는 것입니다. 사랑하는 대상 자체가 수단이 아닌 목표가 되어야 합니다.

그렇다면 예수님께서 우리 자신을 사랑하는 사람만을 사랑하는 사랑이 가치가 적은 것처럼 말한 이유는 무엇 때문일까요? 우리 자신을 많이 사랑해 주는 사람이 있다면 우리는 그 사람과의 관계를 지속하고 싶을 것입니다. 그래서 나를 사랑하는 사람을 위해서 내가 덜 먹고 그를 먹이고, 내 귀한 시간을 쪼개어 그에게 내어 주고 많은 희생을 할 때, 그것이 반드시 불결하고 더러운 것이라고 말할 수는 없습니다. 그럼에도 불구하고 예수님은 그런 사랑에 관해 가치가 적은 것처럼 말한 이유는 그 사랑의 끝이 결국 그 사랑으로 인해 혜택을 누리는 나 자신이기 때문입니다.

따라서 자신을 사랑하는 사람을 사랑하는 것은 이러한 자기 사랑의 즐거움 때문에 행하는 일이며, 그 대상을 향해 베푼 모든 수고와 희생과 양보는 엄밀히 말해서 나 자신을 기쁘게 하는 것입니다. 내가 누릴 수 있는 기쁨을 초과하지 않는 희생은 진정한 사랑에서 온 희생이 아닙니다.

왜냐하면 인간에게 있어서 최종적으로 사랑할 수 있는 대상은 하나님 아니면 자기 자신으로 단 둘밖에 없기 때문입니다. 그러므로 하나님과 나 자신 이외의 다른 사람은 사랑의 목표가 될 수 없습니다. 다른 사람을 사랑하는 것처럼 보인다 하더라도 그것은 형식일 뿐이고 실제로는 자신이 목표가 되어 있는 것입니다.

그렇다면 다른 사람을 사랑하는 사랑이 이러한 이기적인 자기 사랑의 연장이 되지 않으려면 어떻게 해야 할까요? 하나님께서 바라시는 사람을 향한 사랑은 과연 어떤 것일까요?

우리가 종종 사람들의 간증을 통해 듣게 되는 "사랑할 수 없을 때도 많았지만 하나님 때문에 사랑하지 않을 수 없었습니다."라는 고백은 이에 대한 답변을 제공해 줍니다. 누군가를 사랑함에 있어서 그 사랑이 참된 사랑이 되기 위해서는 그 사람 자체가 사랑의 대상이 되게 하지 말고 하나님을 사랑하는 수단이 되게 해야 합니다.

하나님을 사랑하는 것이 우리의 모든 사랑의 최종적 목표가 되는 것, 그것이야말로 그분이 원하시는 까리따스(caritas)의 사랑, 곧 하나님을 향한 신앙인의 지고지순한 사랑인 것입니다.

이제 온전한 사랑의 삶을 살기 위해 여기서 한걸음 더 나아가 사랑할 수 없는 사람을 사랑하는 사랑에 대해서 살펴보겠습니다.

사랑할 수 없는 사람을 사랑하기 위해서는 반드시 희생이 뒤따르게 마련입니다. 우리는 대개 희생이 뒤따르는 그런 사랑을 생각할 때, 불쌍한 자를 위해서 자신의 모든 것을 소진하는 영웅적이며 감성적인 사랑을 떠올립니다. 그러나 그것은 진정한 자기희생에서 비롯된 실제적인 사랑이 아닙니다. 자기가 능히 사랑할 수 있는 자를 위해 큰 희생을 치루는 일은 도저히 사랑할 수 없는 자를 위해 아주 작은 희생을 치루는 일보다 훨씬 더 쉬운 일입니다. 왜냐하면 전자는 자신이 원하는 바이고, 후자는 자신이 원하는 바가 아니기 때문입니다.

불쌍하고 고통받는 모든 사람들을 위해 가질 수 있는 막연한 희생의 정신과는 달리 가까이 있어서 자신에게 깊은 상처를 주는 자를 사랑하기 위해 행해야 하는 희생은 결코 감상적일 수 없습니다. 온 인류는 끔찍이 사랑하는데, 곁에 있는 단 한 사람은 왜 사랑할 수 없는 것일까요? 왜냐하면 자기를 전적으로 포기하겠다는 마음 없이는 그런 종류의 사랑은 불가능하기 때문입니다.

우리를 향한 예수 그리스도의 사랑을 생각해 보십시오. 십자가의 희생으로 보인 그분의 사랑은 세상에 속한 헛된 욕심과 자기 자신을 향한 사랑을 버리게 합니다. 그러므로 진정한 사랑은 나를 이해하고 긍휼히 여기는 사람만을 사랑하는 것이 아니라 나를 전혀 이해해 주지 않고 오해와 미움이 가득한 사람, 도저히 사랑할 수 없는 사람에게 내가 먼저 손을 내미는 것입니다. 이것이 예수 사랑의 진수입니다.

이렇게 사랑할 수 없는 자를 사랑할 때 필연적으로 뒤따르는 희생은 자기 죽음을 동반합니다. 자신이 끊임없이 죽지 않으면 결코 그 희생을 감당할 수 없습니다. 사랑할 수 있는 사람 1만 명을 사랑하는 사람보다 사랑할 수 없는 단 한 사람을 끝까지 사랑하는 자가 예수 사랑, 예수 죽음에 더 가까이 다가간 사람입니다.

자신을 미워한 사람들을 깊이 사랑하며 십자가의 희생으로 그 사랑을 먼저 보인 그리스도 때문에 우리는 능히 원수까지도 사랑할 수 있게 된 것입니다. 그러므로 이런 종류의 사랑은 하나님께로부터 오는 은혜의 감화 없이는 불가능하며 우리는 이런 사랑을 통해서만 사람을 목표로 하지 아니하고 그 사랑 때문에 하나님을 사랑하게 되는 것입니다.

이런 사랑은 그리스도 밖에서는 결코 발견할 수 없습니다. 머리인 그리스도께 붙어 있는 몸인 교회는 이런 사랑을 가지고 세상으로 나아가야 합니다. 때로는 핍박과 고난, 멸시와 천대를 받으면서도 고통을 받는 자신을 염려하기보다는 자신에게 고통을 줌으로써 심판을 받을지도 모르는 그들을 염려하면서 사랑해 주는 이런 종류의 사랑이 아니면 망가진 이 세상은 고쳐질 수 없습니다.

그런데 우리가 세상에 나아가 그런 사랑으로 세상을 보듬어 안기 위해서는 그리스도 예수의 몸에 접붙여진 지체들이 공동체 안에서 그 사랑을 개인적인 차원과 공동체적인 차원에서 완성해 가야 합니다. 그러므로 자신이 그리스도 예수께 접붙여져 교회의 한 몸이 되었으면서 함께 접붙여진 지체들 가운데서 어떤 지체를 미워하거나 다투고 불화하거나, 심지어는 '저 사람이 존재하지 않았으면 좋겠다.' 라고 생각하거나 그런 정도가 아니라하더라도 '저 사람이 나와 함께 있는 것이 불편하다.' 고 생각하는 것은 그 모든 것 자체가 하나님 앞에서 말할 수 없이 커다란 죄를 짓고 있는 것입니다.

하나님께서 무제한의 용서와 조건 없는 사랑을 나누도록 부른 공동체가 바로 교회입니다. 그 사랑의 본을 예수님께서 먼저 보여 주셨습니다. 우리를 그렇게 무한히 용서하는 그리스도 예수의 중보의 은혜와 값없고 한없이 베푸시는 그분의 은총을 받아 교회의 한 지체가 되었습니다. 그러므로 그 사랑에 힘입어 사랑하기 힘든 사람을 희생, 곧 자기 죽음의 희생으로 사랑하는 것이 마땅합니다.

이렇게 사랑할 수 없는 자들을 사랑할 때 우리는 자기완성을 이룰 수 있습니다. 인간은 자기를 사랑하는 데 있어서나 하나님을 사랑하는 데 있어서 무한히 사랑할 수 있는 가능성을 부여받았습니다. 문제는 우리 자신의 성화의 노력에 따라 전자가 증대되기도 퇴화되기도 한다는 것입니다. 그런데 전자가 증대되면 인간은 매우 누추한 영혼과 사랑을 가지게 됩니다. 자기를 사랑하는 자들만을 사랑의 범주 안에 놓고 신앙생활을 하는 자는 결코 자기완성을 향해 나아갈 수 없습니다.

자신을 꺾을 단 한 번의 기회도 없이 성장한 수많은 사람들이 진정한 사랑을 이뤄야 할 최소한의 단위인 가정과 교회에도 많이 있습니다. 이런 태도를 버리지 않는 한 그는 결코 하나님이 원하는 자기완성의 삶을 이룰 수 없습니다. 사랑할 수 없는 사람을 사랑함으로써 겪는 그 희생과 고통으로 자기를 꺾고 죽이지 않는 한 그 길을 걸어갈 수 없는 것입니다.

사랑할 가치가 없다고 여겨지는 사람들, 그 사람들을 사랑하지 않는 자신의 자아를 붙잡고 눈물 흘리며 아파한 적이 있습니까? 바로 그 사랑을 배우게 하려고 하나님은 우리를 교회에 접붙여 주셨습니다. 그리고 그런 사랑을 받는 것이 아니라 사랑을 하는 사람이 복됨을 가르쳐 주었습니다. 사랑받는 것보다 사랑하는 것이 행복하다는 말의 진정한 의미는 자기 사랑의 충족이 아닌 그리스도로 인한 자기완성의 길이기 때문입니다.

"우리가 아직 죄인 되었을 때에 그리스도께서 우리를 위하여 죽으심으로 하나님께서 우리에 대한 자기의 사랑을 확증하셨느니라."

참으로 사랑할 수 없는 자를 사랑하는 것은 우리 안에 이 사랑이 있음을 보여 주는 증거가 됩니다. 이 사랑으로 망가진 세상을 고치며 병든 사람들을 가슴에 안는 우리가 되길 바랍니다.

04

만일 한 사람이 오직 단 한 명의 사람만을 사랑하고 그 밖의 다른 사람들에게는 무관심하고 대수롭지 않게 여긴다면, 그의 사랑은 사랑이 아니라 이해관계에서 비롯된 애착이다. 그리고 이기주의가 그 사람으로 확대된 것에 불과하다.

에리히 프롬

김동호

장로회신학대학교 기독교교육학과를 졸업하고 동 대학원에서 신학과 기독교교육학을 공부한 후 미국 매코믹신학교에서 목회학 박사 과정을 수료했습니다. 승동교회 담임목사, 영락교회 협동목사를 거쳐 10년 이상 동안교회 담임목사로 시무하다가 2001년 높은뜻숭의교회를 개척했습니다. 높은뜻연합선교회 대표로 사회복지법인 열매나눔재단을 설립하고 새터민지원사업과 우리 사회의 어려운 이웃을 돕는 일에 전념하고 있습니다.

무엇보다 귀한 자녀

에리히 프롬이라고 하는 분이 《소유냐 삶이냐?》라는 책을 썼습니다. 저자는 그 책에서 인간을 두 종류의 인간으로 분류하고 있습니다. 하나는 삶의 의미와 목적을 소유(To have)하는 데 두고 사는 사람과 삶의 의미와 목적을 인간답게 존재(To be)하는 데 두고 사는 사람입니다. 에리히 프롬은 전자를 소유형의 인간(Having mode)이라고 정의했고 후자를 존재형의 인간(Being mode)이라고 정의했습니다.

현대사회는 점점 더 소유형의 사회로 치닫고 있는 듯합니다. 따라서 현대사회의 자녀교육도 점점 더 많은 것을 소유하는 기술을 가르치는 쪽으로만 발전하고 있습니다. 그와 같은 것을 가르치고 배우는 데 너무 바빠 사랑하는 자녀에게 인간답게 사는 것과 법에 대해서는 정말 아무것도 가르치지 못하는 우를, 그것도 아주 큰 우를 범하며 살아가고 있습니다.

전에 있던 교회에 한문을 잘하는 장로님이 계셔서 교회 안에 서당을 만들어 방학 중 아이들에게 천자문을 가르치면 어떻겠냐는 말씀을 드린 적이 있습니다. 여러 가지 여건이 잘 맞지 않아 성사되지는 않았지만 저는 늘 마음속에 '서당'에 대한 생각이 있습니다. 옛날의 서당 교육은 밥 벌어 먹고사는 기술을 가르치는 교육이 아니라 사람답게 사는 법을 가르치는 교육이었는데, 오늘날 절실하게 필요하고 요구되는 것이 바로 그와 같은 교육이라고 생각되기 때문입니다.

천안에 수련원이 세워지게 되면 방학 동안에 어린아이들과 청소년을 위한 학교(서당)를 만들어 제가 직접 운영하려고 합니다. 아이들에게 사람답게 사는 법도를 교육하고 싶습니다. 학교 이름도 벌써 만들어 두었습니다. 그 학교의 이름은 '사람 학교'입니다. 그때 아이들에게 가르칠 것들에 대해서도 생각하고 있는데, 가르칠 것이 많아 한 번에 다 가르칠 수는 없고 몇 단계로 나누어 교육을 해야 할 것 같습니다.

저는 요즘 아이들에게 설교하고 있는 맥아더 장군의 기도문을 중심으로 한 코스를 만들어 교육하려는 생각을 가지고 있습니다. 맥아더 장군의 자녀를 위한 기도문을 보면 To have에 대한 기도가 아니라 To be에 대한 기도라는 것을 알 수 있습니다.

제가 여러분의 아이들을 가르치기 이전에 먼저 여러분이 스스로 아이들을 가르칠 수 있는 인생의 교사가 되기를 바랍니다. 그리고 아이들을 가르치기 이전에 먼저 자기 자신을 가르칠 수 있기를 소망합니다.

맥아더 장군의 자녀를 위한 기도문은 "남을 다스리기 이전에 먼저 자기 자신을 다스리는 사람이 되게 해 주시옵소서."라는 기도입니다. '자기를 다스리는 사람'이 된다는 것이 얼마나 중요한 일인지 모릅니다. 저를 포함하여 대부분의 사람들이 남은 가르치고 다스리려고 하면서 정작 자기 자신은 가르치지 못하고 다스리지 못하고 있기 때문입니다.

하나님이 크게 쓰셨던 사람들을 보면 모두가 다 자기 자신을 다스릴 줄 아는 사람들이었습니다. 보통 사람들은 자기 죄에 대해서는 둔감하고 남의 죄에 대해서는 민감합니다. 자기 죄에 대해서는 관대하고 남의 죄에 대해서는 철저합니다. 그러나 하나님이 귀하게 쓰신 사람들을 보면 그 반대입니다. 자기 죄에 대해서는 민감하고 남의 죄에 대해서는 둔감합니다. 자기 죄에 대해서는 철저하고 남의 죄에 대해서는 상대적으로 관대합니다.

사도 바울은 모든 면에서 우리와 비교할 수 없는 삶을 살았던 사람입니다. 그러나 그럼에도 불구하고 그는 자기 자신에 민감한 사람이었습니다. 성경에 "오호라 나는 곤고한 사람이로다. 누가 나를 이 사망의 몸에서 건져내랴 내가 마음으로는 하나님의 법을 섬기노라."며 안타까워하더니 아예 자기 자신을 '죄인 중에 괴수'라고 표현했습니다. 그리고 "내가 내 몸을 쳐 복종하게 함은 내가 남에게 전파한 후에 자기가 도리어 버림이 될까 두려워함이로라."라고 말씀합니다. 이와 같은 말씀들을 통해 우리는 사도 바울이 얼마나 자기 자신에 대해 민감한 사람이었는가를 알 수 있습니다. 남을 가르치기 이전에 먼저 자기 자신을 가르치려 했으며, 남을 다스리기 이전에 먼저 자기 자신을 다스리려 했다는 사실을 알 수 있습니다.

저는 그런 면에서 윤동주 시인을 참 좋아합니다. 그의 서시를 보면 그가 얼마나 자기 자신에 대해 그리고 자신의 죄에 대해 민감한 사람인가를 알 수 있습니다.

"하늘을 우러러 한 점 부끄럼이 없기를 잎새에 이는 바람에도 나는 괴로워했다."

제가 좋아하는 표현은 '잎새에 이는 바람' 입니다. '잎새에 부는 바람' 도 아니고 '잎새에 떠는 바람' 도 아니라 그가 그의 시에서 표현한 바람은 '잎새에 이는 바람' 이었습니다. 이와 같은 표현을 통해 윤동주 시인이 하늘을 우러러 한 점 부끄럼이 없는 '사람' 이 되기 위해 얼마나 민감하고 예민한 삶을 살았는가를 알 수 있습니다.

예수님도 남의 눈에 티를 보기 이전에 먼저 자기 눈의 들보를 보고 빼는 사람이 되어야 한다고 말씀합니다. 그런데 요즘 우리가 살아가는 세상은 남의 눈에 티는 들보라고 과장하여 비판하고 자기 눈의 들보는 티로도 보지 못하는 사람들에 의해 얼마나 피곤한 세상이 되어 가고 있는지 모릅니다. 그리고 중요한 것은 그와 같은 사람들 중에 저와 많은 분이 있다는 사실입니다.

사랑하는 자녀를 정말 훌륭한 자녀로 키우기를 원한다면 무엇보다도 먼저 자기 자신의 죄와 허물에 대해 민감한 자녀가 되게 하며, 맥아더 장군의 기도문과 같이 남을 다스리기 이전에 먼저 자기 자신을 다스리는 자가 되도록 가르치고 이를 위해 기도해야 합니다.

자기 자신을 다스린다고 할 때, 구체적으로 우리의 무엇을 다스려야 할까요? 우리가 반듯하고 훌륭한 사람이 되기 위해 다스려야 할 것이 있다면 그것은 우리 속에 있는 죄입니다. 죄를 다스리는 것이 곧 자기 자신을 다스리는 것이라고 할 수 있습니다. 그렇다면 구체적으로 죄를 다스린다는 것은 무엇을 의미하는 것이고 무엇을 다스리는 것이어야 할까요? 대략 세 가지 면에서 생각해 볼 수 있습니다.

첫째, 욕심을 다스려야 합니다.

왜냐하면 욕심이 바로 죄의 뿌리이기 때문입니다. 개인적인 것이든 사회적인 것이든 모든 죄는 욕심에서부터 시작됩니다. 그러므로 죄를 다스리려면 먼저 욕심을 다스려야 합니다. 욕심을 다스리기 위해서는 욕심을 버려야 하는데, 실제로 욕심을 버린다는 것은 인간으로서 불가능한 일이고 또 역설적인 이야기입니다. 욕심을 버린 욕심 없는 인간은 엄밀한 의미에서 인간이라고 할 수 없습니다.

욕심은 버리는 것이 아니라 바꾸는 것입니다. 욕심에는 좋은 욕심이 있고 좋지 못한 욕심이 있습니다. 좋지 못한 욕심을 가지면 좋은 욕심이 없어집니다. 그러나 반대로 좋은 욕심을 갖게 되면 좋지 못한 욕심이 없어집니다. 우리가 버려야 할 욕심은 좋지 못한 욕심입니다. 무조건 욕심을 버린다고 좋은 욕심까지 버리는 것은 옳지 않습니다. 좋은 욕심까지 무조건 좋지 못한 욕심으로 매도하는 것은 매우 위험한 생각이 아닐 수 없습니다.

사도 바울은 예수 그리스도를 아는 지식의 고상함으로 인해 세상의 모든 욕심을 다 배설물처럼 여길 수 있었다고 고백했습니다. 아이들이 소유에 대한 욕심보다 존재에 대한 욕심을 가질 수 있도록 우리 부모들이 가르쳐야만 합니다.

둘째, 교만을 다스려야 합니다.

신앙적으로 생각할 때, 가장 심각하고 문제가 되는 죄 중에 하나가 바로 교만입니다. 우리는 창조주가 아니라 창조주의 피조물입니다. 그런 면에서 우리는 태생적으로 교만해서는 안 되는 존재들입니다. 겸손해야만 하는 존재들입니다. 창조주 하나님을 생각할 때 우리는 교만해 질 수 없습니다. 우리가 교만해 진다는 것은 하나님을 잊었다는 뜻입니다. 하나님을 잊고 사는 것이 바로 죄의 뿌리가 됩니다.

사랑하는 자녀에게 무엇보다도 겸손을 가르쳐야 합니다. 하나님은 성경을 통해 우리에게 겸손에 대한 많은 말씀을 하고 있습니다. 하나님은 우리에게 겸손을 가르치고 교만을 다스리게 하려고 얼마나 애쓰는지 모릅니다.

하나님은 겸손한 자를 구원하시느니라.

하나님은 겸손한 자의 소원을 들으신다.

여호와께서 겸손한 자를 붙드신다.

하나님은 겸손한 자에게 은혜를 베푸신다.

겸손은 존귀의 앞잡이니라.

교만은 멸망의 선봉이요 겸손은 존귀의 앞잡이니라.

그러므로 하나님의 능하신 손 아래서 겸손하라.

때가 되면 너희를 높이시리라.

똑똑하고 유능한 사람은 많으나 겸손한 사람은 참 찾기 어렵습니다. 그것은 우리가 우리 아이들을 똑똑하고 유능한 사람으로만 키우려고 했지 아이들을 겸손한 사람으로 키우려 하지 않았기 때문입니다. 사랑하는 우리 자녀에게 겸손을 가르치지 않았기 때문입니다. 그래서 우리는 우리의 사랑하는 자녀를 똑똑하고 유능한 사람이 되게 하는 데는 성공했으나 결국 교만하고 버릇없는 사람이 되게 함으로 정작 쓸모없고 볼품없는 사람이 되게 하고 말았습니다.

셋째, 나태를 다스려야 합니다.

사람들은 교만만 죄인 줄 알지만 그렇지 않습니다. 나태도 교만

못지않은 죄입니다. 죄란 하지 말아야 할 일을 하는 것을 의미합니다. 그러나 동시에 해야 할 일을 하지 않는 것도 죄입니다.

학생 때 감동적으로 읽었던 글 한 편이 있습니다. 영화의 한 장면을 소개하는 글이었는데 그 영화가 어떤 영화인지는 잘 기억이 나지 않습니다. 프랑스가 독일에게 나라를 빼앗겼을 때 프랑스 사람들은 레지스탕스를 조직하여 독일 군에 저항했습니다. 어느 날 독일 군인들에게 프랑스의 레지스탕스 조직 한 명이 체포되어 심문을 당하고 있었습니다. 그런데 그만 레지스탕스 조직과는 아무 상관이 없는 빵 장수 한 명이 잡혀가 심문을 받았습니다. 취조를 하는 독일 군인이 물었습니다.

"너도 레지스탕스지?"

자신이 레지스탕스가 아니라는 사실을 증명하지 못하면 죽음을 면할 수 없게 된 빵 장수가 최선을 다해 자기변명을 했습니다.

"나는 레지스탕스가 아닙니다. 나는 아무 일도 하지 않았습니다."

그와 같이 진땀을 흘리며 변명하는 빵 장수를 구석에서 물끄러미 쳐다보던 레지스탕스 한 사람이 이렇게 이야기했습니다.

"아무 일도 하지 않았다고? 나라를 독일에게 빼앗겼는데 프랑스 사람으로 아무 일도 하지 않았다고? 그러므로 너는 유죄다. 너는 죽어 마땅하다."

우리는 그저 죄만 짓지 않고 살면 된다고 착각하며 살고 있습니다. 물론 그것은 중요한 일입니다. 그러나 그것으로 충분한 것은 아닙니다. 죄를 짓지 않는 것도 중요하지만 보다 중요한 것은 의를 행하는 일입니다. 선을 행하는 일입니다.

우리가 의와 선을 행함으로 구원을 얻는 것은 아니지만 그것을 빌미로 의와 선을 행하지 않는 것은 옳지 못한 일입니다. 결국 그 죄로 인해 멸망을 받게 될 것이기 때문입니다.

성경은 우리에게 "마땅히 행할 길을 아이에게 가르치라."고 말합니다. 사랑하는 자녀에게 마땅히 행할 길을 가르치고 그 길과 일을 행하도록 훈련시켜야 합니다. 우리는 사랑하는 우리 자녀에게 의와 선에 대한 게으름을 다스리라고 가르쳐야 합니다.

그리고 사랑하는 자녀에게 '부지런하여 게으르지 말고 열심을 품고 주를 섬기는 것'을 가르쳐야 합니다. 하나님께 충성하는 것을 가르쳐야 합니다.

욕심과 교만, 게으름을 버리지 못하고 남의 잘못과 허물에만 민감하여 그들을 탓하고 모든 책임을 전가하려는 세상입니다. 그 속에서 나 자신과 사랑하는 자녀에게 먼저 스스로를 다스리는 법을 가르쳐 욕심과 교만, 게으름을 버리고 사는 사람이 되게 한다면 우리가 살아가는 세상은 얼마나 살기 좋고 아름다운 세상이 되겠습니까.

남을 가르치고 다스리기 이전에 먼저 자기 자신을 가르치고 다스릴 줄 아는 사람이 되어 늘 하나님 앞에서 깨끗하고 겸손하며 충성스러운 사람으로 살아가는 사람이 되기를 바랍니다. 그것을 욕심내며 기도하고 살아가는 사람이 되기를 바랍니다.

내게 이런 자녀를 주옵소서.
약할 때에 자기를 돌아볼 줄 아는 여유와
두려울 때에 자신을 잃지 않는 대담함을 가지고
정직한 패배에 부끄러워하지 않고 태연하며
승리에 겸손하고 온유한 자녀를 내게 주옵소서.

주를 알고 생각할 때에 고집하지 않게 하시고
자신을 아는 것이 지식의 기초임을
아는 자녀를 내게 허락하옵소서.
원하옵니다.
그를 평탄하고 안이한 길로 인도하지 마옵시고

고난과 도전에 직면하여 분투 항거할 줄 알도록
인도하여 주옵소서.
그리하여 폭풍우 속에선 용감히 싸울 줄 알고
패자를 관용할 줄 알도록 가르쳐 주옵소서.

그 마음이 깨끗하고 그 목표가 높은 자녀를
남을 정복하려고 하기 전에
먼저 자신을 다스릴 줄 아는 자녀를
장래를 바라봄과 동시에 지난날을 잊지 않는
자녀를 내게 주옵소서.

이런 것들을 허락하신 다음
이에 대하여 내 아들에게 유머를 알게 하시고
생을 엄숙하게 살아감과 동시에 생을 즐길 줄 알게 하옵소서.

자기 자신에 지나치게 집착하지 말게 하시고
겸허한 마음을 갖게 하사
참된 위대성은 소박함에 있음을 알게 하시고
참된 지혜는 열린 마음에 있으며

참된 힘은 온유함에 있음을 명심하게 하옵소서.

그리하여

나 아버지는 어느 날 내 인생을 헛되이 살지 않았노라고

고백할 수 있도록 도와주옵소서.

맥아더, 〈자녀를 위한 기도문〉

05

결혼이란 단순히 만들어 놓은 행복의 요리를 먹는 것이 아니고 이제부터 노력하여 행복의 요리를 둘이서 만들어 먹는 것이어야 한다.

피카이로

김병삼

감리교신학대학교와 동 대학원을 졸업하고 미국 게렛신학교에서 선교학 박사 학위를 받고 만나교회를 담임하고 있습니다. 탁월한 예배와 설교는 듣는 이로 하여금 인생 문제를 극복하게 하는 영성과 철학을 전해 줍니다. 교회 사역뿐만 아니라 국제 구호 개발 NGO인 월드휴먼브리지를 이끌며 장애인, 다문화 가정, 탈북자, 저소득 가정 등 경제적으로 어려운 취약 계층 산모들의 출산을 지원하고 있습니다. 또한 공부방 설립이나 독거노인을 위한 반찬 나눔 운동 등으로 지역주민을 사랑으로 섬기고 있습니다.

결혼의 성경적 의미와 진정한 축복은

“바다에 나갈 때는 일주일을 기도하라. 전쟁터에 나갈 때는 한 달을 기도하라. 결혼에 대해서는 평생을 기도해야 한다.”라는 영국 속담이 있습니다. 현재 우리 사회에서 발생하는 결혼의 문제도 본질적인 결혼의 의미를 찾을 수만 있으면 행복한 삶을 살 수 있습니다.

저는 결혼 주례를 많이 하는 사람입니다. 그래서 결혼식에서 누구보다도 축복을 많이 비는 사람 중의 한 명입니다. 하지만 정작 결혼의 문제가 아니라 결혼을 준비하면서 상처를 경험하는 많은 사람들을 만납니다. 성경에서 말하는 결혼의 진정한 의미가 ‘서로에게 돕는 배필’이어야 함에도 외적인 일로 말미암아 혹은 결혼이 두 사람의 문제가 아니라 가족 간의 결합이라는 의미에서 진정한 결혼의 의미가 왜곡되고 있습니다.

아마도 많은 사람들이 결혼식을 생각할 때, 가장 당혹스러웠던 것이 청첩장을 받는 순간 축의금을 얼마나 내야 하는가 하는 고민이 아닐까요?

2009년 5월 8일자 조선일보에 보면 "모두가 피곤한 '고비용' 결혼식"이라는 제목 하에 글이 실렸습니다.

"청첩장은 고지서, 준 만큼 받자. 정서 확산 이사 가도 교회는 안 옮겨 축의금 명부는 채무증서."

요즘 많은 사람들이 축의금 장부를 씁니다. 결혼을 축하해 준 분을 잊지 않겠다는 뜻도 있겠지만, 상대방이 준 만큼 돌려받고 받은 만큼 주겠다는 '실용적' 목적에서입니다. 하지만 실용적인 것과 '신앙적'인 것은 분명히 다르다는 것을 말씀드리고 싶습니다.

혹시 많은 사람들이 교회에 있어야 하는 이유가 수십 년간 자신이 뿌린 것을 거둬야지 하는 마음에서라면 그 신앙생활이 하나님 앞에 어떤 의미가 있겠습니까? 이미 출가를 시킨 자녀 때문에 빚진 것을 갚으려고 생각하니 벌써 부담이 되는 사람들도 있을 것입니다. 또한 출가한 자녀를 생각하면서 내가 지금까지 낸 축의금의 액

수와 명단을 보니 이만큼은 들어올 것이라고 계산하는 사람들도 있습니다.

이러한 계산과 부담을 털어 버리지 않는 한 신앙적인 결혼의 의미를 깨닫는 데 무척 힘들 것이라는 생각이 듭니다. 무척 어려운 질문을 던지겠습니다. 줘야 할 사람과 받아야 할 사람 중에 누가 결단해야 이 고리가 끊어지겠습니까?

결혼은 하나님 앞에 서는 것입니다.

우리가 신앙생활을 하면서 가장 잘못 생각하는 것 중의 하나가 결혼의 진정한 의미입니다. 왜 하나님께서 최초의 가정인 아담과 하와를 짝지어 주셨나요? "여호와 하나님이 이르시되 사람이 혼자 사는 것이 좋지 아니하니 내가 그를 위하여 돕는 배필을 지으리라 하시니라."고 하셨습니다. 결혼의 가장 큰 의미는 나의 부족함을 채우는 것이 아니라 '내가 그 사람을 돕는 자가 되는 것'입니다.

결혼 생활이 불행해지는 첫 번째 이유는 상대방을 통해 나의 부족함을 채우려는 이기심 때문입니다. 성경의 결혼은 부족함을 채우는 이기심에서 시작되는 것이 아니라 부족함을 채워 주는 이타심에서 시작됩니다.

얼마 전 CTS 〈하나님을 미소 짓게 하는 사람들〉 프로그램을 녹화하면서 당황되는 일이 있었습니다. 그날 손님으로 가수 션과 작곡가 주영훈 씨가 출연했는데, 그 두 사람의 이야기를 듣고 하나님을 미소 짓게 하는 아름다운 일이 일어나지 못하고 방송을 본 많은 부부가 싸움을 했다는 것입니다.

가수 션과 작곡가 주영훈 씨의 가정은 연예계의 잉꼬부부로 소문이 나 있습니다. 두 사람 다 남편이 먼저 신앙을 가졌고 결혼하면서 아내가 신앙을 갖게 되었습니다. 그러면서 지금은 더 좋은 신앙인이 되었습니다.

먼저 션의 이야기를 소개하겠습니다. 두 사람이 만난 지 3천 일이 되는 날, 부인이 촬영하는 장소에 장미꽃 3천 송이를 가지고 갔다고 합니다. 감격스러운 순간입니다. 션은 이 세상에서 가장 멋있는 남자는 아내를 행복하게 해 주는 남자라며, 가장 좋은 남자가 되기 위해 노력한다고 말했습니다. 많은 여자에게는 부러움의 대상이, 남자들에게는 도전이 되었을 것입니다.

상해 코스타에서 강사로 온 션을 만났을 때 들은 이야기입니다. 결혼하고 2천 일이 되던 날 부부가 함께 서로에게 고마운 것이 무엇인지 다섯 가지를 이야기해 보자고 했습니다. 그때 아내가 마지막으로 가장 감사한 일이 그를 통해 예수를 믿게 된 것이 가장 행복한 일이라고 고백했다고 합니다.

주영훈 씨의 이야기를 소개해 보겠습니다. 그는 신앙이 없는 아내와 결혼을 하게 되었습니다. 그런데 함께 신앙생활을 하면서 좋은 신앙을 가지게 된 부부는 잘 때도 손을 잡고 기도하면서 잔다고 합니다. 그런데 어느 날 아내의 수첩을 보는 순간 주영훈 씨는 깜짝 놀랐다고 합니다. 기도 제목이 빼곡이 적혀 있었는데 모두 남편을 위한 기도 제목이었다고 합니다. 또한 방 안에 꽂혀 있는 책 제목이 어떻게 하면 남편을 위해 좋은 아내가 될까에 대한 내용과 내조를 잘하는 아내, 신앙이 있는 아내 등의 책이었다고 합니다.

두 가정이 참 행복하게 본을 보이는 이유가 있다면 모두 좋은 배필이 되기 위해 노력하는 사람이 있기 때문이라는 사실입니다. 사실 결혼의 원리가 성경대로만 될 수 있다면 무척 행복할 수 있으리라는 생각을 합니다.

성경에 "이러므로 남자가 부모를 떠나 그의 아내와 합하여 둘이 한 몸을 이룰지로다."라는 말이 있습니다. 이것에 등장하는 세 가지 동사에 주목했으면 합니다.

첫째, 연합해야 합니다.

연합한다는 것은 딱 들러붙어 하나가 된다(아교로 붙이다)는 의미의 히브리어입니다. 남편과 아내 사이에 아무것도 들어가지 않는 친밀함, 서로에 대한 100퍼센트의 헌신, 사랑과 신뢰를 의미합니다. 월터 트로비쉬는 "남편과 아내는 종이 두 장을 풀로 붙여 놓은 것이다. 하나로 붙여 놓은 종이를 나누려고 한다면 이 둘을 다 찢을 수밖에 없다."라고 말했습니다.

우리가 잘 아는 것처럼 연합하면 시너지 효과가 나타나야 합니다. 긍정적인 플러스의 효과가 나타나야 합니다. 저는 이런 질문을 많은 사람들에게 던지고 싶습니다.

"당신의 가정은 같이 살기 때문에 행복하며 둘이 사는 것이 혼자 사는 것보다 행복하십니까? 당신은 당신의 아내 때문에, 남편 때문에 살맛이 납니까? 아니면 그 사람만 없으면 살 만하겠습니까?"

아주 무섭고 근본적인 질문이지요?

우리나라에서는 가정에서 여자가 하는 일을 살림이라고 합니다. 그 살림이라는 말의 어원은 '살려 준다.' 라는 말에서 왔습니다. 그 말대로 여자들이 가정 살림을 한다는 것은 가정을 살리는 일을 하는 것입니다.

둘째, 둘이 한 몸을 이루어야 합니다.

결혼의 원리 가운데 우리가 주목해야 할 단어 중의 하나가 '둘이 한 몸을 이룬다.' 라는 말씀입니다. 이 말 속에는 아주 다른 두 사람이 하나가 된다는 의미가 있습니다. 각기 다른 삶을 살았던 사람들, 너무나 다른 성격과 인격을 가진 사람들이 만나서 사는 것이 결혼입니다. 그런데 이 '한 몸'이라는 것이 육체적인 것만을 의미하는 것은 아닙니다. 인격의 연합을 의미하기도 합니다. 트로비쉬는 "두 사람은 그들의 육체나 소유물뿐만 아니라 그들의 사고와 감정, 기쁨과 고뇌, 희망과 두려움, 성공과 실패도 함께 나누어야 한다." 고 설명합니다.

결혼 서약을 할 때 꼭 빠지지 않는 말이 있습니다. "기쁠 때나 슬플 때나, 부할 때나 가난할 때나, 아플 때나 건강할 때나…." 이렇게 모든 순간에 한 몸을 이룰 사람을 만난다는 것이 얼마나 어렵고 힘든 일입니까? 문제는 남자와 여자가 한 몸을 이루는 결혼을 하는데 있어서 서로의 선택 기준이 다르다는 것입니다.

그럼 어떻게 하면 서로 다른 부부가 닮아갈 수 있을까요? 서로 다르다는 것을 인정하면 됩니다. 그리고 상대가 먼저 나에게 닮기를 바라기 이전에 먼저 내가 상대를 닮겠다는 마음을 가져야 가능한 일입니다.

셋째, 떠나야 합니다.

떠난다는 것은 부모로부터의 외적인 분리뿐만 아니라 내적인 분리도 포함되어 있습니다. 이제까지 부모에게 의존했던 관계를 버리고 새로 독립된, 스스로 책임지는 관계를 형성함을 의미합니다.

2009년 9월 한겨레신문에 '엄친아가 지배하는 세상'이라는 제목의 칼럼 중에 이런 내용이 있습니다.

"믿고 싶지 않지만, 요즘 젊은 판사들 가운데 판결에 앞서 엄마에게 전화를 걸어 의견을 물어봐야 안심하는 친구들이 있다는 이야기를 들었다. 소위 '엄친아'들이 그렇다는 것이다. 새로 임용되는 판사 열 명 가운데 네 명이 특목고와 강남 3구 출신이라는 뉴스를 들으며 과연 그런 이야기가 나올 만한 근거가 있구나 싶었다. 문제는 엄친아와 결혼하면 부모의 후광과 재산과 함께 엄친아의 엄마까지 세트로 딸려오는 것이라고 한다. 그래서 엄친아들의 이혼이 많다는 소문도 있다. 부부 싸움을 하고 방으로 들어간 신랑 신부들이 밤새 '엄마'에게 전화 걸어 보고하고 코치를 받고 다음 날 다시 새로운 논리를 내세워 부부 싸움에 나서기 일쑤라고 한다.

엄친아가 지배하는 세상은 불행하다. 결혼할 때 엄마가 딸려 오는 것은 개인적 불상사에 그친다. 그러나 중요한 결정을 해야 할 인물이 그들 부모의 가치관의 그늘에서 한 치도 벗어나지 못하고 중요 정책이나 재판의 형량까지 영향을 받는다면 우리 사회의 앞날은 암울하다."

성경에서 말하는 결혼의 의미에서 두 사람의 만남이 '부모를 떠나'라는 말을 기억해야 합니다. 결혼식은 양가 부모의 위세를 드러내는 것이 되어서는 안 됩니다. 최근 들어와 호화 결혼식을 하는 이유는 결혼식이 사회적 지위를 과시하는 관행으로 변질되었기 때문입니다.

저도 청첩장이 오면 화환을 보내거나 축의금을 보냅니다. 사실 우리 삶이 그런 관계를 단절하고 살 수 있나요? 상대방이 그것을 원하는데 모르는 척, 나만 의롭다고 한다면 이 세상에서 크리스천이 얼마나 이기적이라고 욕을 먹겠습니까?

그래서 올바른 결혼의 의미를 찾기 위해서는 많은 노력과 신앙적인 결단, 그리고 시간이 필요합니다. 믿음을 가진 사람들의 희생이 필요합니다. 바로 우리의 자녀부터 결혼이 부모와 가문의 위세를 보이는 것이 아닌 부모를 떠난 자녀가 새로운 인생을 시작하는 순간이라는 것을 알도록 해야 합니다.

부모의 재력에 의해서가 아닌 그 자녀가 가진 것, 그 자녀의 사회적 지위에서 결혼이 시작되어야 합니다. 그래야 그 자녀가 잘못되지 않습니다. 부모가 해 줄 수 있는 것을 해 주는 것이 결혼이 되기보다는 결혼하는 당사자의 시작이 결혼이 될 때 훨씬 의미가 있습니다. 결혼식에서 가장 귀한 사람은 신랑과 신부, 두 사람이기 때문입니다.

그렇다면 이상적인 결혼 문화를 만들기 위해 우리가 할 수 있는 일이 무엇이 있을까요?

첫째, 결혼은 무엇보다 진정으로 축복하는 사람들의 모임이 되어야 합니다. 결혼을 인격적인 두 사람의 만남에 초점을 맞추는 순간, 얽힌 가족관계와 사회적 관계로부터 어느 정도 자유로울 수 있습니다.

둘째, 비용에 관한 문제입니다. 사치하거나 낭비하지 않도록 해야 합니다.

셋째, 신앙적인 결혼을 위해 결혼 장소로 교회를 선택해야 하며 결혼 후에도 주일을 잘 지켜야 합니다. 또한 금전적인 일이 결부되지 않도록 해야 합니다. 축의금 문화가 아닌 신랑 신부를 축하하는 문화를 만들어야 합니다.

06

네가 가진 최고의 것을 주라. 물론 그것은 결코 충분하지 않을 것이다. 그래도 최고의 것을 주라.

마더 테레사

김상복

할렐루야교회 원로목사입니다. 서울대학교 문리과대학을 졸업하고 미국 필라델피아에 있는 페이스신학대학원에서 목회학 석사 학위를, 그레이스신학대학원에서 신학박사 학위를 받았습니다. 또 목회와 더불어 세계신학교총학장회 의장, 아시아신학연맹 회장, 사랑의장기기증운동 이사장 등으로 일하며 소외된 이웃을 사랑으로 섬겨왔으며 세계복음주의연맹회장, 아시아복음주의연맹 회장, 한국세계선교협의회 공동회장으로 복음을 전하며 사람들에게 선한 영향력을 끼치고 있습니다.

냉수 한 그릇의 상급

"너희를 영접하는 자는 나를 영접하는 것이요, 나를 영접하는 자는 나를 보내신 이를 영접하는 것이니라. 선지자의 이름으로 선지자를 영접하는 자는 선지자의 상을 받을 것이요, 의인의 이름으로 의인을 영접하는 자는 의인의 상을 받을 것이요, 또 누구든지 제자의 이름으로 이 소자 중 하나에게 냉수 한 그릇이라도 주는 자는 내가 진실로 너희에게 이르노니 그 사람이 결단코 상을 잃지 아니하리라 하시니라."

이 세상에는 큰 문제들이 많이 있습니다. 그런데 그 문제들을 놓고 우리가 할 수 있는 일은 별로 없습니다. 이라크 전쟁이 수년째 계속되었습니다. 당시 제 마음 같아서는 당장 끝내고 싶었지만 제가 할 수 있는 일이 아니었습니다. 저를 미국 대통령으로 만들어 주면 한 번 해 보겠는데 말입니다. 유엔 사무총장이 되더라도 쉽게 해결될 문제가 아닙니다. 아프가니스탄에 평화를 유지하겠다고 유엔군을 보냈지만, 쫓겨난 탈레반이 유엔군 자동차 150대를 한 번에 불태워 버리는 만행을 자행했습니다.

북한의 핵 문제, 인도의 호텔 폭파 사건, 나이지리아의 폭동, 태국의 불안한 정국 등 우리 개인으로서는 어찌할 도리가 없는 일들이 많이 벌어지고 있습니다. 이런 불행한 일들이 없이 세계가 평화롭고 부유하게 살 수 있는 길을 제가 도모할 수 있다면 참 좋겠는데, 이것은 한 개인이 해결할 수 있는 일이 아닙니다.

이 지구상에는 배고픈 아이들, 에이즈에 걸린 아이들이 참 많습니다. 어린이 구호단체인 컴패션이 제공한 영상을 보면 이 시대에도 수천만 명의 노예들이 있습니다. 어느 아이는 할아버지의 빚 15만 원을 갚지 못해 삼 대째 노예 생활을 하고 있다고 합니다. 이 세상에는 문제가 너무 많아서 어떤 때는 안 듣고 안 보고 싶은 생각마저 듭니다. 제가 제일 평화로운 날은 뉴스를 안 듣고 안 본 날인 것 같습니다.

우리 국회는 나라의 내년 예산을 세워야 하는데 서로 다투느라 합의를 못하고 여당은 야당 없이 그냥 통과를 시켰습니다. 서로 마주 앉아 의논하면서 제일 좋은 것을 찾아 나가면 얼마나 좋겠습니까. 그러니 그런 소식은 안 듣고 안 보고 싶을 때가 있습니다. 때로는 "세상에는 내가 할 수 있는 일이 별로 없구나. 나는 이런 중요한 문제를 해결할 수 없구나!" 하는 좌절감과 허탈감, 무능함을 느낄 때도 있습니다. 기아, 질병, 인구문제, 환경문제, 자살 문제 등 이 세상의 수많은 문제들을 우리가 다 해결할 수는 없기 때문입니다.

하지만 우리가 할 수 있는 것 한 가지가 있습니다. 불행한 어린이 한 명에게 희망을 주는 일입니다. 필리핀, 인도, 아프리카, 남미에는 쓰레기 더미에서 먹을 것을 찾고, 무덤 속에 집을 짓고 살면서 그곳을 놀이터로 삼는 아이들이 있습니다. 그들에게는 희망이 없습니다. 먹을 것도 입을 것도 없으며 학교에 갈 수도 없습니다. 그러나 모두가 오늘 결심을 하면 그 아이들에게 희망이 생깁니다.

컴패션은 1952년 스완슨 목사님이 한국의 전쟁고아들을 위해 만든 어린이 구호단체입니다. 10만 명의 한국 아이들을 돌봤습니다. 많은 분들이 컴패션의 도움을 받았습니다. 제가 알고 있는 분이 예전에 컴패션에서 직장 생활을 했습니다. 제가 대학생 때 컴패션에서 일하는 친구를 찾아가 본 적이 있습니다. 한국 아이들을 결연시키는데 대상은 주로 미국 사람들이 많았습니다. 미국의 후원자들이 편지를 보내면 그 편지를 한국의 젊은이들이 번역해서 결연 아이들에게 보냈습니다. 그리고 편지와 후원금을 받은 아이들은 고맙다는 답장을 썼습니다. 컴패션에서는 그것을 또 영어로 번역해 미국의 후원자에게 보냈습니다. 그렇게 편지와 사진을 주고받으며 결연한 부모가 아이의 성장 과정을 지켜보게 됩니다.

생일이나 크리스마스에는 특별히 선물을 보내기도 합니다. 1950년대에 한국의 어린이들이 미국에서 온 크리스마스 선물을 받고 얼마나 좋았겠습니까. 선물 상자에는 그 시절에 흔하지 않은 양말이나 옷, 학용품 등 소위 말하는 미제 물건이 들어 있었습니다. 저도 그 물건들을 직접 보았습니다. 우리나라에 변변한 물건이 없을 때 좋은 미국 제품을 받은 아이들의 기쁨은 이루 말할 수 없었을 것입니다. 저는 그 과정들을 보면서 큰 감명을 받았습니다.

컴패션은 1993년에 한국을 떠났습니다. 한국은 더 이상 도움이 필요한 나라가 아니기 때문입니다. 그러다 몇 년 전에 다시 돌아왔는데 이번에는 도움이 필요한 다른 나라 어린이들을 돕기 위한 목적에서였습니다. 한국 컴패션은 세계 24개 국가와 손을 잡고 세계의 어린들을 돕고 있습니다. 한국 교회들도 결연운동을 함께 펼치고 있습니다. 어느 큰 교회에서는 4천 명이 결연을 했고, 또 다른 교회는 1천5백 명이 결연을 했다고 합니다.

예수님께서는 어린아이 한 명을 맞이하고 사랑하고 먹을 것과 입을 것을 주면 그것이 예수님께 한 것이라고 하셨습니다.

"너희를 맞이하는 사람은 나를 맞아들이는 것이다. 또 나를 맞아들이는 사람은 나를 보내신 그분을 맞아들이는 것이다."

예수님의 생각은 우리와 너무 다릅니다. 작은 어린아이 한 명을 돕는 것이 예수님을 돕는 것이고, 예수님을 돕는 것이 하나님을 돕는 것이라는 말씀입니다. 즉 아이 속에 하나님이 계시고 예수님이 계신다는 것입니다.

이것은 지금으로서는 대단한 내용이 아니지만 예수님 당시의 가치관으로 볼 때는 대단히 혁명적입니다. 예수님 시대에 로마 사람들이 쓴 글을 읽어 보면 아이를 죽이는 것은 아름다운 일이라고 했습니다. 군대가 다른 나라를 침략하면 그 나라 국민들을 모조리 죽이고 노예로 삼았습니다. 인간의 가치, 생명의 가치가 존재하지 않던 시대였습니다.

지금 우리 시대에도 인간의 가치를 말살하는 나라가 많이 있습니다. 제가 어느 모슬렘 국가를 갔더니 한 쪽 손이 없는 사람들이 지나가는 차가 사거리에서 설 때 차에 다가와 구걸을 하고 있었습니다. 왜 그렇게 손이 없는 사람들이 많은가 물었더니 도둑질을 하다가 잡히면 손을 자르기 때문이라고 했습니다. 조금 더 잘못하면 죽여 버립니다. 지금도 세계의 많은 나라가 사람의 가치를 인정하지 않습니다.

그런데 예수님께서는 작은 아이 한 명을 영접하고 돌보고 냉수 한 그릇을 주는 것이 예수님께 한 것이고, 아이에게 준 것은 하나님께 드린 것이라고 말씀하십니다. 어린아이와 예수님, 하나님을 같은 선상에 놓은 것입니다. 이런 가치를 깨달으면 참으로 놀랍습니다. 우리는 이것을 실천해야 합니다. 우리 옆에 있는 사람들이 바로 예수님 같은 분입니다. 나와 함께 사는 내 가족들이 바로 그런 분입니다. 내 할머니께 잘하는 것이 예수님께 잘하는 것이라는 말입니다. 내 아내에게 잘하는 것이 하나님께 잘하는 것이라는 말입니다. 예수님의 인간 가치관은 대혁명적입니다. 아직까지도 인류는 예수님의 인생의 가치관을 제대로 깨닫지 못하고 있습니다.

다른 이에게 모욕적인 말을 하고 싶다가도 "아, 이 사람을 모욕하는 것은 예수님을 모욕하는 거지! 이 사람을 모욕하는 것은 하나님을 모욕하는 거지! 이 사람을 천대하는 것은 하나님을 천대하는 거지!"라고 생각해 보십시오. 예수님의 가치관을 알면 인생이 달라집니다.

제가 아는 분은 옷을 만듭니다. 그분은 손님이 들어오면 '예수님이 오시는구나!' 생각하고 예수님께 옷을 맞춰 드리듯이 한다는 이야기를 들었습니다. 그분은 예수님의 가치관을 깨달은 분입니다. 손님을 예수님처럼 보려고 하는 마음과 태도, 가치관이 소중한 것입니다.

예수님의 인간관을 우리 자신의 것으로 삼고 살아야 합니다. 그렇게 될 때 부부관계, 자녀와의 관계가 좋아지며 모든 이들과의 관계가 좋아질 수밖에 없습니다. 우리 주변의 분이 예수님을 상징하고 하나님을 대신하는 것입니다. 이런 가치관을 가지고 우리가 할 수 있는 일은 어려운 아이를 한 명이라도 구하는 일입니다. 컴패션을 통해 한 아이를 먹이고 입히고 학교를 보내는데 한 달에 3만 5천원이면 된다고 합니다. 경제적으로 어려운 분들은 다른 방법으로 도울 수도 있습니다. 우리가 어떻게 할 것인가는 완전히 우리 자신에게 달려 있습니다.

제사장은 높은 사회적 지위를 가진 사람입니다. 그는 강도를 만나 죽어 가는 사람을 보고도 도와주지 않았습니다. 혹시 강도가 아직 옆에 숨어 있다가 자기도 해칠까 염려하여 얼른 도망갔습니다. 레위인도 그냥 지나갔습니다. 보면 불편하고 안 보는 것이 나으니까 그냥 지나갔습니다. 그런데 사마리아 사람은 강도를 만난 사람을 자기 나귀에 태워 동네 여관에 눕히고, 여관 주인에게 혹시 비용이 많이 들면 자기가 돌아오는 길에 비용을 더 줄 테니 돌봐 달라고 했습니다.

우리는 이 사마리아인이 되어야 합니다. 예수님께서 물으셨습니다.

"이 세 명 가운데 누가 참된 이웃이냐?"

제자들이 대답했습니다.

"사마리아 사람입니다."

예수님께서 말씀하셨습니다.

"너희도 다른 사람들에게 이웃이 되어 주라."

우리는 어려운 이들의 이웃이 되어 주고, 부모가 되어 주고, 할머니가 되어 주고, 언니와 오빠가 되어 주어야 합니다.

아이들은 대단히 중요합니다. "선지자의 이름으로 선지자를 영접하는 자는 선지자의 상을 받을 것이요, 의인의 이름으로 의인을 영접하는 자는 의인의 상을 받을 것이다."라고 했습니다. 우리는 지금 코흘리개 아이들을 보는 게 아닙니다. 그 아이들의 미래를 보는 것입니다. "지금 내가 저 아이를 도와주면 저 아이는 앞으로 선지자가 될 것이다, 의인이 될 것이다, 좋은 선생님이 될 것이다, 기술자가 될 것이다, 의사가 될 것이다, 예술가가 될 것이다."라고 생각하며 미래에 그 아이가 어떤 모습이 될 것인지 그것을 보고 지금 선을 베풀려고 노력해야 합니다. 그 아이들이 앞으로 선지자, 의인, 선생님, 국회의원, 변호사, 기술자가 된다고 생각하면서 기도하고 작은 것을 투자했을 때 장차 그들은 바로 그렇게 될 것입니다.

영국에 모펫이라는 아프리카 선교사가 있었습니다. 그분이 런던에 돌아와서 선교 보고 집회를 하게 되었는데 그날따라 날씨가 너무 나빠서 사람들이 거의 참석하지 않았습니다. 선교사를 초청해 놓고 날씨가 나쁘다고 사람들이 모이지 않았습니다. 소수의 사람만 자리에 앉아 있었는데 그곳에는 풍금에 바람을 넣는 소년이 있었습니다. 그때의 풍금은 발로 밟아서 소리를 내는 것이 아니라 옆에서 누군가가 바람을 불어넣어야 소리가 났습니다.

그날 저녁, 선교사의 이야기를 들은 소년은 '나도 언젠가 저 선교사님처럼 아프리카 선교사가 되고 싶다.'는 결심을 했다고 합니다. 그 아이가 바로 데이비드 리빙스톤입니다. 아프리카를 세계에 소개하고 사람들의 마음을 아프리카로 몰아넣어 그곳을 살린 선교사입니다. 어린아이가 선교사의 설교를 듣고 위대한 인물이 된 것입니다.

우리가 손을 뻗을 아이들은 앞으로 선교사와 목사, 의사와 변호사가 될 수 있습니다. 믿고 기도하고 사랑해 주면 기도한 대로 이루어질 것입니다. 아이들을 살릴 수 있습니다.

"또 누구든지 제자의 이름으로 이 소자 중 하나에게 냉수 한 그릇이라도 주는 자는 내가 진실로 너희에게 이르노니 그 사람이 결단코 상을 잃지 아니하리라 하시니라."

이렇듯 하나님께서는 우리의 사랑과 긍휼을 보시고 은혜를 주실 것입니다. 우리가 손길을 준 아이들에게도 같은 축복을 베푸실 것입니다.

제가 처음 미국에 갔을 때 여러 가정을 방문할 기회가 있었습니다. 어느 집 낡은 다락방에 80세 정도 되는 할머니가 혼자 살고 있었습니다. 이야기를 하다 보니 그분이 미국 교회의 모금 방송을 듣고 매달 10불을 한국에 보낸다는 것입니다. 뜨개질로 만든 것을 보내기도 했습니다. 그 할머니는 사회보장으로 받는 돈으로 사는 분이었습니다.

저는 그 이야기를 듣고 충격을 받았습니다. 한편 부끄럽기도 했습니다. 미국은 잘사는 나라이기에 먹을 것, 입을 것이 넉넉해서 한국에 돈을 보내는 줄 알았습니다. 넉넉해서가 아니라 하나님을 사랑했기 때문에, 이웃을 사랑했기 때문에 전쟁으로 인해 고생하는 가난한 한국 사람들을 위해 그렇게 했던 것입니다.

이제는 우리 차례입니다. 우리가 이 빚을 전 세계에 갚을 때가 온 것입니다. 넉넉한 가정에서는 아이들을 입양하고 조금 부족한 집에서는 결연으로 아이들을 도울 수 있습니다. 한 달 외식비만 조금씩 줄여도 어린아이 한 명을 키울 수 있습니다. 조금만 마음을 쓰면 쓰레기 더미 속에서 희망 없이 사는 아이들을 살릴 수 있습니다.

"이 작은 자 가운데 하나에게 냉수 한 그릇만 대접을 해도…."라고 했습니다. 그 행위를 하나님께서 기억하시고 "하늘의 상이 반드시 있을 것"이라고 하셨습니다. 힘겨운 아이들과 결연하고 그 아이들을 살리는 축복의 날이 계속되길 원합니다.

07

참된 사랑이란 아름다운 꽃과 같다. 피어난 땅이 메마르면 메마를수록 한층 더 보기에 아름다운 것이다. 또한 참된 사랑이라는 것은 아무런 보상 없이 무조건 주는 것이다.

발자크

김학중

꿈의교회를 담임하고 있으며 한국 NCD 이사장, 안산시 기독교연합회장, 연세대학교 겸임교수를 맡아 섬기고 있습니다. 특히 사회복지법인 굿프랜드복지재단 이사장으로 어려운 이들을 위한 봉사에 힘을 기울이고 있습니다. 특수 장애인들을 대상으로 하는 통합보육센터나 독거노인 쉼터 나아가 외국인 근로자들의 자녀들을 위한 교육시설 설립 등으로 소외된 이웃을 사랑으로 세우고 있습니다. 이외에 각종 방송 출연과 대학 강의, 세미나, 출판 등을 통해 대중의 영적 회복에 앞장서고 있으며 보다 사회에 모범이 되는 건강한 교회를 만들기 위해 노력하고 있습니다.

손이 두 개인 이유

고영 씨의 《나비형 인간》을 읽다 보니, 다른 사람을 치켜세움으로써 나의 꿈과 행복을 이루어 가는 나비형 인간의 한 모델로 오드리 헵번을 소개하고 있더군요. 세기의 연인이라고 불린 그녀는 여전히 많은 이들의 가슴에 따뜻한 미소를 전해 주는 것 같습니다.

〈로마의 휴일〉에서 아이스크림을 먹고 있던 그녀의 모습을 보면서 인상을 찌푸릴 사람은 아마 이 세상에 단 한 명도 없을 것입니다. 사람들이 그녀를 기억하는 이유는 천사 같은 외모 때문이기도 하겠지만, 사실 그녀의 외모보다는 그녀가 베푼 선행에 더 많은 감동을 받았기 때문이라고 생각합니다.

잘 알다시피 오드리 헵번은 유니세프 친선 대사로서 전 세계를 돌며 많은 선행을 했습니다. 그녀가 공주처럼 편안하고 늘 승승장구하는 인생을 살았을 것이라는 사회적 통념과는 달리, 그녀에게도 화려한 성공 뒤에 남모를 어려움이 많았다고 합니다.

벨기에 출신인 오드리 헵번은 당시 170센티미터나 되는 큰 키로 배역에 많은 제한을 받았다고 합니다. 배우로서 번번이 거절을 당하던 그녀에게 기회가 찾아온 것은 바로 그 유명한 윌리엄 와일러 감독의 〈로마의 휴일〉이었습니다. 그 영화에서 주연으로 발탁된 후에 비로소 삶의 새로운 전환기를 맞이하게 된 것입니다.

부와 인기를 얻게 된 그때, 그녀는 다른 배우들처럼 흥청망청 사치를 부리지 않았고 할리우드의 여왕으로 뽐내며 살지도 않았습니다. 또한 이후의 그녀의 행로는 많은 사람들의 예상을 깨는 것이었습니다.

당시 오드리 헵번의 연인이었던 월더스와 동아시아 지역을 여행하던 중 우연히 참가하게 된 페스티벌에 많은 기금이 모이는 것을 본 그녀는 유니세프와 인연을 맺게 됩니다. 그녀는 어린 시절 전쟁을 겪으며 고통과 영양실조로 죽을 고비에 놓인 그때 자선 사업가의 도움을 받았던 기억이 있었습니다.

1988년 유니세프를 찾아가 홍보대사가 된 후 그녀는 쉼 없는 자선 활동을 펼치기 시작했습니다. 숨 쉬기조차 힘들어 하는 아프리카의 아이들을 가슴으로 끌어안고 그들의 손을 잡아 주며 사랑의 힘을 나누었습니다. 하지만 유니세프 활동을 시작한 지 4년 만에 그녀는 암에 걸리게 되었습니다. 아름답던 그녀의 얼굴은 어느새 깊게 주름이 패고 검게 변해 생기를 잃어 갔습니다. 그러나 그녀는 세상을 떠나는 그 순간까지 어려운 이들과 사랑을 나누는 일을 멈추지 않았습니다.

오드리 헵번이 숨을 거두기 1년 전의 일입니다. 그녀가 마치 자신의 삶을 회상하듯 크리스마스이브에 자식에게 남긴 편지는 아직까지 많은 이들에게 회자되면서 감동을 주고 있습니다.

"아름다운 입술을 가지고 싶으면 친절한 말을 하라. 사랑스런 눈을 갖고 싶으면 사람들에게서 좋은 점을 봐라. 날씬한 몸매를 갖고 싶으면 너의 음식을 배고픈 사람과 나누어라. 아름다운 머리카락을 갖고 싶으면 하루에 한 번 어린이가 손가락으로 너의 머리카락을 쓰다듬게 하라. 아름다운 자세를 갖고 싶으면 결코 너 혼자 걷고 있지 않음을 명심하라. 사람들은 상처로부터 복구되어야 하며 낡은 것으로부터 회복되어야 하고 무지함으로부터 교화되어야 하며 고통으로부터 구원받고 또 구원받아야 한다. 결코 누구도 버려서는 안 된다. 기억하라. 만약 도움의 손이 필요하다면 너의 팔 끝에 있는 손을 이용하면 된다. 네가 더 나이가 들면 손이 두 개라는 걸 발견하게 된다. 한 손은 너 자신을 돕는 손이고, 다른 한 손은 다른 사람을 돕는 손이다."

이 편지에서 오드리 햅번은 샘 레빈슨의 시를 인용하면서 자신의 자식에게 "비우고 나누면 모두가 공유하며 행복할 수 있다."는 공유의 법칙을 가르치고 생을 마감했습니다.

성경에 "만일 형제나 자매가 헐벗고 일용할 양식이 없는데 너희 중에 누구든지 그에게 이르되 평안히 가라, 덥게 하라, 배부르게 하라 하며 그 몸에 쓸 것을 주지 아니하면 무슨 유익이 있으리요. 이와 같이 행함이 없는 믿음은 그 자체가 죽은 것이라."고 씌어 있습니다. 우리에게는 하나님이 주신 두 손이 있습니다. 한 손은 나 자신을 위해 쓰되 그 나머지 한 손은 다름 사람을 돕는 데 사용해야 할 것입니다.

08

다른 사람을 사랑하는 데 있어서 가장 큰 걸림돌은 자기 자신에 대한 사랑이다.

톨스토이

류철랑

부천동광교회 담임목사로 대전신학대학교, 장로회신학대학 신학대학원, 서울신학대학원, 매코믹신학교를 졸업했습니다. 북방선교회 회장, 대전신학대학교 이사, 대전신학대학교총동문회장, 안산외국인노동자센터 이사, 부천시기독교연합회 사랑의 쌀 나누기 운동본부장, (사)동광복지재단 이사, 서울서남성서신학원 원장 등 다양한 영역에서 그리스도인의 사랑과 복음을 전하고 있습니다. 또한 극동방송 〈기쁜 소식〉의 방송 설교자입니다.

좋은 관계

트랜지스터라디오를 발명한 사람이 그 공로로 과학상을 받게 되었습니다. 시상식이 열리는 식장으로 가는 도중 점심을 먹기 위해 휴게소에 들렀습니다. 옆의 테이블에 한 가족으로 보이는 네 사람이 둘러앉아 샌드위치를 먹고 있었습니다. 그들은 식사를 하면서 한 마디도 이야기를 하지 않았습니다. 각자 이어폰을 끼고 라디오를 통해 들려오는 소리만 듣는 것입니다. 트랜지스터라디오를 발명한 사람은 자신의 발명품에 대해서 심각한 회의를 느꼈습니다. 자기가 만든 트랜지스터라디오가 가장 가까운 가족 간의 대화를 빼앗고 있었기 때문입니다.

기계 문명은 우리에게 편안함과 즐거움을 제공하지만 사람과 사람 사이에 담을 쌓게 합니다. 컴퓨터가 사람 사이의 관계를 단절시킵니다. 타인에 대한 무관심은 현대인의 큰 병통입니다. 도시인의 매너는 외롭고 쓸쓸한 것으로 착각할 정도입니다. 통계에 의하면 살인, 강도 같은 범죄자의 태반이 무관심에서 비롯된다고 합니다. 외로운 사람, 지쳐 있는 그 사람에게 따뜻한 말 한 마디를 건넸더라면 그 사람이 범죄자가 되지는 않았을 것입니다.

사람이 사는 사회는 관계에 의해 엮어져 있습니다. 부모와 자식의 관계, 남편과 아내의 관계가 사회의 기초관계입니다. 사람들은 흔히 활과 화살을 가지고 여자와 남자의 관계를 설명합니다. 활 없는 화살은 아무리 날카로워도 쓸모가 없습니다. 화살 없는 활은 아무리 보기 좋아도 소용이 없습니다.

사람이 좋은 사람과 만나는 일은 중요합니다. 그러나 이보다 더 중요한 것은 내가 얼마나 그 사람과 좋은 관계를 가지느냐 입니다. 나와 만난 사람이 더 좋아진다면 이보다 더 좋은 만남은 없습니다. 성경은 좋은 관계에 대해서 말합니다.

"두 사람이 한 사람보다 나은 것은 두 사람이 힘을 합치면 더 큰일을 할 수 있기 때문이다."

음식을 먹을 때 여러 가지 골고루 먹습니다. 한 가지만 먹어도 될 만큼 모든 영양소를 가진 식품은 드물기 때문입니다. 두부만 먹지 말고 미역과 함께 먹으면 두부에 부족한 것을 미역으로 보충할 수 있습니다. 국수를 먹을 때 콩국에 섞어 먹으면 더 좋습니다. 된장에는 부추가 좋고 딸기에는 우유가 좋습니다. 흔히 말하는 음식 궁합이 맞는 것입니다. 그러나 당근과 오이는 같이 먹는 것이 아닙니다. 커피와 크림, 장어와 복숭아는 음식 궁합이 안 맞습니다. 당근과 오이를 같이 먹는 것보다는 오이만 먹든지 당근만 먹는 것이 좋습니다. 커피를 마실 때 크림까지 먹는 것은 좋지 않다고 합니다. 두 사람이 좋은 관계를 가질 때는 유익하지만 두 사람이 좋은 관계를 갖지 못하면 혼자만도 못합니다.

미국 어느 양로원에서 있었던 일입니다. 마거린이라는 흑인 노인은 4년 전에 중풍으로 쓰러져 오른쪽 몸을 못 쓰게 되었습니다. 또 루스라는 유대인 노인은 5년 전에 중풍으로 쓰러져 왼쪽 몸을 못 쓰는 할머니입니다. 두 사람의 공통점은 평생을 피아노를 가르쳐 온 것입니다. 둘 다 아주 잘 웃고 유머가 있는 노인들입니다. 두 사람은 양로원에 들어와서 알게 된 사이였습니다.

하루는 마거린이 피아노 앞에 앉아 그의 검은 왼손으로 피아노의 낮은 음이 나는 건반을 두드리고 있었습니다. 바로 그때 루스가 휠체어를 타고 피아노 앞으로 다가왔습니다. 그의 오른손으로 오른쪽의 높은 소리 건반을 같이 쳐 주니 피아노의 화음이 만들어졌습니다. 두 사람은 마음을 맞추어 쇼팽의 왈츠를 쳤습니다. 혼자서 할 수 없었던 피아노 연주가 두 사람이 힘을 합하니 가능해졌습니다. 마거린은 왼손으로 루스는 오른손으로 피아노를 치는 것입니다. 움직이지 못하는 손은 옆에 있는 할머니 무릎에 얹혀 있었습니다. 양로원 노인들이 보고 얼마나 좋아하는지 모두들 큰 감동을 받았습니다.

드디어 두 사람은 다른 양로원에 다니며 피아노를 연주하여 노인들에게 희망과 기쁨을 주었습니다. 상이군인 휴양소 병원을 방문했고 TV 쇼에도 출연하여 영감과 용기를 주었습니다. 언제나 좋은 관계로 힘을 합해서 큰일을 하길 바랍니다.

"한 사람이 넘어지면 다른 사람이 일으켜 준다. 그렇지만 넘어져도 일으켜 줄 사람이 없는 사람은 불쌍하다."

아주 친절한 사이인 친구 두 사람이 깊은 산으로 등산을 갔습니다. 그들은 가면서 둘이 같이 가게 돼서 다행이라고 말했습니다. 위급한 일이 생기면 서로 도울 수 있어서 좋다고도 했습니다. 그런데 갑자기 큰 곰 한 마리가 나타나서 떡 버티고 서 있는 것입니다. 한 친구가 얼른 등산화를 벗고 가벼운 운동화로 바꿔 신었습니다. 옆에 있는 친구가 "여보게, 운동화를 신는다고 곰보다 빨리 달아날 수는 없지 않나, 우리 힘을 합해 묘책을 세워 보세."라고 하니 신발을 신고 난 친구가 대답합니다. "내가 저 곰보다 빨리 달아나지는 못해도 자네만 떼어 놓고 뛰면 되는 거야." 하더랍니다. 자기만 살고 친구는 어찌되든지 알 바 아니라는 것입니다. 그 사람은 친구가 아닙니다. 잘못 사귄 것입니다.

유대인의 속담에 친구가 없는 사람은 오른손을 잃은 왼손과 같다는 말이 있습니다. 요나단은 다윗의 좋은 친구였습니다. 아버지 사울이 다윗을 죽이려 할 때마다 정보를 주고 피신시켰습니다. 요나단이 없었다면 다윗은 살아남지 못했습니다. 욥에게도 좋은 친구가 있었습니다. 그가 모든 재산을 잃고 어려울 때 친구 친척들이 찾아와 위로해 주고 돈과 금고리를 선물로 주었습니다. 그것을 밑천으로 재기할 수 있었습니다. 예수님은 사람이 친구를 위해 목숨을 버리면 이보다 더 큰 사랑이 없다고 하셨습니다.

"둘이 함께 누우면 따뜻해진다. 하지만 혼자라면 어떻게 따뜻해질 수 있겠는가."

함께 눕는 사람은 부부입니다. 부부 사이는 사랑이 매개물이요, 부부관계의 본질은 사랑입니다. 서로가 자기를 내어 주고 상대방을 용납하며 모든 것을 함께 나누는 여기에 참된 관계가 성립됩니다. 이것을 사랑의 관계라고 말합니다. 팔레스타인 지방의 기후는 한여름이라도 새벽이 되면 춥습니다. 여행 중에 길가에서 노숙하게 되면 동행자와 서로 끌어안고 잡니다. 체온으로 서로를 따뜻하게 해 줍니다.

부부처럼 가까운 인간관계는 없습니다. 그러면서도 부부처럼 부지불식간에 상처를 주는 사이도 없습니다. 고슴도치가 겨울을 지날 때는 서로의 체온을 주고받으며 삽니다. 가시가 상대를 찌르지 않도록 조심조심하며 상대와 살을 맞대고 끌어안습니다. 고슴도치도 상처를 주지 않는데 하물며 사람이 가시도 없는데 상처를 주면 되겠습니까? 상처를 주지 말아야 합니다.

고부관계가 문제입니다. 며느리가 생선을 굽는데 뒤집지 않아서 타는 냄새가 납니다. 시어머니가 마늘을 까면서 "애야, 생선 뒤집어라 탄내 난다."라고 하니 며느리가 "내버려 두세요. 뜨거우면 제가 뒤집겠죠."라고 대답했다. 그 집은 고부간의 갈등이 좀 심했습니다.

성경 속의 나오미와 룻은 참 좋은 고부관계의 모델입니다. 며느리는 시어머니를 지극히 받들어 섬겼고 시어머니는 젊은 며느리의 행복을 계획했습니다. 쓸데없는 자존심 같은 것은 버리고 좋은 관계를 유지하기를 힘써야 합니다. 따뜻한 사랑의 관계를 유지하지 못하면 얼마나 불편하고 살기가 힘듭니까? "마른 떡 한 조각만 있고도 화목한 것이 육선이 집에 가득하고 다투는 것보다 나으니라."라고 했습니다.

"혼자서는 원수에게 패하더라도 둘이라면 능히 방어할 수 있다. 세 겹으로 꼰 줄은 쉽게 끊어지지 않는 법이다."

아무리 애를 써도 혼자서는 안 되는 일이 있습니다. 화장실에서 일을 보고 났는데 네 일은 네가 처리하라면서 손이 팔짱 끼고 있다면 어찌합니까? 손이 이를 닦아 주지 않으면 이는 다 썩을 것입니다. 몸의 지체 중 도움 없이 존재하며 제 기능을 다 할 수 있는 것은 없습니다. 외톨이는 넘어져도 일으켜 줄 자가 없습니다. "형제가 연합하여 동거함이 어찌 그리 선하고 아름다운고! 거기서 여호와께서 복을 명하셨나니 곧 영생이로다."라는 말이 있습니다.

한 사람이 예루살렘에서 여리고로 내려가다가 강도를 만났습니다. 친구와 함께 갔더라면 그런 일이 없었을 것입니다. 혼자서 외딴길을 걷다 보니 강도의 표적이 된 것입니다. 그래도 참으로 다행한 것은 지나가던 사람 중에 선한 사마리아 사람이 그를 보고 도와주어서 살아날 수 있었습니다.

달밤에 기러기가 날아가는 것을 볼 수 있습니다. 먼 나라를 향해 가는 철새인 기러기는 언제나 V자형으로 날아갑니다. 기러기가 V자형으로 날아가면 앞에 날고 있는 기리기의 날개 바람이 뒤에 가는 기러기의 부력이 됩니다. 서로 위로 뜨게 해 주면 먼 나라까지 갈 수 있습니다. 혼자서 날아가는 것보다 V자형으로 날아가면 71퍼센트를 더 멀리 날아갈 수 있다는 것입니다.

사람이 성공하는 것은 무엇을 얼마나 아느냐 보다 누구를 얼마나 아느냐에 달려 있다고 합니다. 지식보다 중요한 것이 사람이라는 겁니다. 우리가 그리스도를 아는 것과 그분과 개인적인 관계를 가지는 것으로 영원한 운명이 좌우됩니다. 그분을 모르고 그분과 상관없이 사는 것은 결국 천국과 상관없는 운명이 되고 맙니다.

예수님은 "나는 포도나무요, 너희는 가지."라고 하시면서 가지가 나무와 생명적 관계를 가져야 살고 열매를 맺는다고 했습니다. 가지가 나무에 붙어 있으면 과실을 많이 맺습니다. 가지와 나무의 좋은 관계란 가지가 나무에 붙어 있는 것입니다. 하나님은 우리에게 "주께 붙어 있으라."고 하십니다. 주님과의 바른 관계를 통해서만이 모든 좋은 것을 얻을 수 있기 때문입니다. 주님과의 바른 관계를 통해 참된 평안과 기쁨을 얻길 바랍니다.

성경은 예수님과 성도의 관계를 신랑과 신부로 비유합니다. 신랑 신부는 한 몸으로 같이 살아가는 사이를 말합니다. 부부는 오래 참고 끝까지 참아야 끝까지 살 수 있는 관계입니다. 불만스런 일이 없지 않지만 성나는 일이 있어도 참아야 합니다. "사랑은 오래 참고 사랑은 온유하며 투기하는 자가 되지 아니하며 사랑은 자랑하지 아니하며 교만하지 아니하며 무례히 행치 아니하며 자기의 유익을 구치 아니하며…."라고 했습니다.

온유하다는 말은 친절하다는 뜻입니다. 다른 사람에게는 친절하면서 남편과 아내에게는 불친절하면 안 됩니다. 힘든 일을 했으면 수고했다고 말하는 것이 예의입니다. 사랑은 무례하지 않은 것입니다. 다른 남자에게는 여우처럼 살갑게 웃으면서 자기 남편에게는 왜 곰처럼 무덤덤하게 굽니까? 다른 여자에게는 신사처럼 대하면서 자기 아내에게는 볼멘소리하면 됩니까?

생명적 관계는 서로 희망과 용기를 주고받은 관계입니다. 기쁨을 주고받는 관계입니다. 사랑을 교환하는 사이입니다. 그리스도는 그의 피로 우리에게 새 생명을 주셨습니다. 그 피로 하나 되게 하셨습니다. 둘로 하나를 만드십니다. 하나님과 하나 되고 유대인과 이방인이 하나 되게 하십니다. 하나와 하나가 합하면 각각에서 나오는 둘의 힘보다 세 배, 네 배로 힘이 더 크게 발생합니다. 이것이 힘의 원리입니다.

우리는 주의 피를 받아 한 몸을 이루는 지체입니다. 하나님과의 관계, 사람과의 관계가 잘 되어 자연과의 관계, 즉 물질과의 관계까지 잘 되시기 바랍니다. 좋은 관계로 좋은 일을 만들어 내는 능력이 있는 사람이 되길 바랍니다.

09

나무 하나를 심었다고 해서 어찌 금방 그 그늘 아래서 쉴 수 있으랴. 사랑 안에 쉬기 위해서도 많은 인내가 필요하다는 것. 사랑이 무성한 잎을 드리울 때까지.

생텍쥐페리

박상훈

서울대학교 상경대학을 졸업하고 총신대학교 신학대학원, 칼빈신학교를 마쳤으며 트리니티복음주의신학원에서 박사 학위를 받았습니다. 1991년부터 현재까지 승동교회 담임목사로 재직 중이며 여러 신학교에서 강의를 해 왔습니다. 또한 다수의 설교집과 성경 강해서를 출간했습니다.

사랑의 성숙성

"내가 어렸을 때에는 말하는 것이 어린아이와 같고 깨닫는 것이 어린아이와 같고 생각하는 것이 어린아이와 같다가 장성한 사람이 되어서는 어린아이의 일을 버렸노라. 우리가 이제는 거울로 보는 것같이 희미하나 그때는 얼굴과 얼굴을 대하여 볼 것이요, 이제는 내가 부분적으로 아나 그때는 주께서 나를 아신 것같이 내가 온전히 알리라."

사랑은 우리를 성숙하게 만들어 줍니다. 우리가 주님의 몸 된 교회를 섬기면서 아무리 은사와 재능이 많고, 직분이 귀하고 또 아무리 많은 일을 한다 할지라도 사랑으로 그 일을 하지 않으면 하나님이 보시기에는 어린아이의 수준에 불과할 뿐입니다. 무슨 일을 하든지 사랑으로 할 때 우리는 비로소 하나님이 보시기에 성숙하고 장성한 모습이 될 수 있습니다. 그러므로 우리는 어떤 일을 할 때, 우리가 과연 사랑으로 이 일을 하고 있는가를 늘 점검해 봐야 합니다.

일본의 유명한 주부 작가 미우라 아야꼬 여사를 잘 아실 것입니다. 그가 쓴 소설 《빙점》은 너무나도 유명합니다. 많은 사람들이 읽었습니다. 그도 한때는 평범한 주부에 지나지 않았습니다. 그저 남편이 벌어다 주는 수입에 의존해서 살아가다 보니까 자연히 살림이 넉넉하지 않을 수밖에 없었습니다. 그래서 궁여지책으로 그는 자기 집 앞에 작은 가게를 차렸습니다. 물론 그는 처음부터 돈 버는 일에만 목적을 삼지 않았습니다.

기독교인으로서 자기 가게를 찾아오는 사람들에게 예수님의 사랑을 전하려고 애썼습니다. 그는 자기 가게를 찾는 사람에게는 친절하게 대했습니다. 그리고 양심적으로 언제나 좋은 물건을 가져다가 최대한 값싸게 팔았습니다. 그러다 보니 자연적으로 그의 가게는 소문이 좋게 나기 시작했습니다. 가게는 날이 갈수록 점점 번창했습니다. 처음에는 그저 한 주에 한 번 도매상에서 물건을 떼다가 팔았습니다. 그러나 이후에는 아예 트럭 채 물건을 주문해서 팔아야 될 정도로 가게가 번창하게 되었습니다.

그러던 어느 날 그의 남편이 직장에서 퇴근하고 돌아오다가 정신없이 바쁘게 일하고 있는 그의 아내를 보고는 진담 반 농담 반으로 이렇게 말했습니다.

"여보, 우리 가게가 이렇게 잘 되는 것은 좋은데, 이러다가 우리 주변에 있는 다른 가게들은 다 문을 닫아야 되지 않겠어? 그 사람들은 다 가난한데 그들이 가게 문을 닫으면 뭘 먹고 살지?"

남편의 말에 미우라 아야꼬 여사는 충격을 받았습니다. 그저 많은 물건을 떼다가 값싸게 소비자들에게 팔면 그것이 잘하는 일이라고 생각했기에 주변에 있는 영세 가게들에 대해서는 전혀 배려하지 못했던 것입니다.

그는 깊이 생각하는 가운데 그날로 가게 운영의 방식을 바꾸어 버렸습니다. 물건의 수를 제한해 버린 것입니다. 그리고 다른 가게에서 파는 물건은 아예 들여 놓지 않았습니다. 손님들이 와서 없는 물건을 찾을 때 친절하게 이웃 가게를 소개해 주었습니다.

그 덕분에 시간적인 여유가 생기기 시작했습니다. 물론 돈은 적게 벌게 되었습니다. 그러나 과거에 알지 못했던 기쁨과 평안이 그의 마음속에 찾아오기 시작했습니다. 그래서 그는 틈틈이 자기가 좋아하는 책들을 읽고 또 자기에게 있는 문학적인 재능을 살려서 시간이 나는 대로 글을 쓰기 시작했습니다. 그렇게 해서 완성된 책이 유명한 《빙점》입니다.

사랑은 결코 나만을 생각하지 않습니다. 이웃을 배려할 줄 아는 것입니다. 사랑에는 연습이 필요합니다. 이웃에 대한 이해와 배려, 용서는 연습 없이는 되지 않습니다. 늘 부단히 훈련해야 하는 것입니다.

멀리 있는 사람을 사랑하는 것이 무슨 의미가 있겠습니까. 인제나 내 가까이에 있는 사람에게 사랑을 베풀도록 노력해야 합니다. 그래서 영국의 유명한 문필가 루이스는 이런 말을 했습니다.

"인류를 사랑하는 것은 쉽다. 그러나 문제는 내 곁에 있는 이웃을 사랑하는 것이다."

어떤 여자 집사님이 집에서 하나님께 간절히 기도했습니다.

"하나님, 제게 능력을 주시기 바랍니다. 그리해서 주께서 저에게 맡겨 주신 사명을 충성스럽게 잘 감당할 수 있게 해 주옵소서."

그는 소리 내어 기도했습니다. 그러자 옆에서 잘 놀고 있던 딸아이가 갑자기 그의 소맷자락을 붙들고 칭얼대기 시작했습니다.

"엄마, 인형이 망가졌어요. 인형 좀 고쳐 주세요."

그는 모른 척하고 계속해서 더 큰 소리로 기도했습니다. 아이는 더 칭얼대기 시작했습니다.

"엄마, 인형이 망가졌어요. 빨리 고쳐 주세요."

그는 화가 났습니다. 기도하다가 눈을 번쩍 뜨고서는 아이에게 고함을 질렀습니다.

"애야, 엄마가 지금 기도하고 있잖아? 기도하고 있으면 조용히 해야지 떠들면 돼?"

그 소리에 놀란 아이는 엉엉 울기 시작했습니다. 그는 눈을 감고 기도한다고 하지만 기도가 제대로 되지 않았습니다. 그때 그에게 성령의 감동이 왔습니다.

'아, 내가 쉬운 일은 등한시하면서 그저 큰 것만 요구하고 있었구나! 작은 일에도 충성하지 못하는 내가 어떻게 큰일에 충성한다고 말할 수 있겠는가?'

그래서 그는 하나님 앞에서 자기에게 사랑이 부족한 사실을 회개하면서 아이를 잘 돌봐 주었습니다.

옛날 고린도 교인들도 똑같은 문제를 가지고 있었습니다. 입으로는 '사랑! 사랑!'을 떠들었습니다. 그러나 함께 그리스도의 몸 된 교회를 섬기며 주 안에서 한 지체된 형제자매들을 사랑하는 일은 등한시하고 있었습니다.

"네가 가진 은사는 보잘것없는 거야. 내가 가진 은사가 진짜지. 큰 거지!"

그들은 은사 때문에 서로 시기하면서 다투기만 했습니다. 그러니 사도 바울이 그 모습을 지켜볼 때 얼마나 그들이 어린아이처럼 유치해 보였겠습니까. 사도 바울은 안타까운 심정으로 그들을 향해 더 이상 은사에 초첨을 맞추지 말고 사랑에 초점을 맞출 것을 당부했습니다.

왜 그랬을까요. 은사는 유치하고 초보적인 것이기 때문입니다. 사랑만이 성숙한 것이기 때문입니다. 우리가 그리스도의 몸 된 교회를 섬길 때는 은사 중심, 직분 중심이 되어서는 안 됩니다. 언제나 사랑 중심이어야 합니다. 그래야 하나님이 보시기에 아름다운 모습이 될 수 있고 교회의 머리 되신 그리스도 예수를 기쁘게 할 수 있는 것입니다.

사랑의 성숙은 세 대지로 나눌 수 있습니다.

첫째, 사랑이 없는 은사는 어린아이의 일과 같습니다.

"내가 어렸을 때에는 말하는 것이 어린아이와 같고 깨닫는 것이 어린아이와 같고 생각하는 것이 어린아이와 같다가 장성한 사람이 되어서는 어린아이의 일을 버렸노라."

사도 바울은 어린아이의 일을 세 분야로 나누어서 설명했습니다. 말하는 것, 깨닫는 것, 생각하는 것입니다. 우리가 어린아이에게서 볼 수 있는 특징이 무엇입니까? 자기중심적입니다. 무엇이든지 자기 위주입니다. 말하는 것, 깨닫는 것, 생각하는 것 모두 마찬가지입니다.

아이가 말하는 것을 한 번 생각해 봅니다. 평소에 부모들이 잘해 줄 때는 아이들이 무엇이라고 합니까?

"아빠, 사랑해. 엄마가 제일이야."

그러나 아이들은 조금만 토라지면 자기 속에 있는 것을 담아 두지 못하고 직설적으로 내뱉어 버립니다.

"엄마, 미워. 아빠 싫어."

깨닫는 것도 마찬가지입니다. 어린아이가 어머니의 품에 안겨서 젖을 빨아먹습니다. 한 손으로는 어머니의 젖을 가지고 놉니다. 왜 어머니의 젖이 두 개입니까? 아이들이 대답은 이렇습니다.

"하나는 내가 빨아먹기 위한 것이고 또 하나는 내 손으로 가지고 놀기 위한 것입니다."

어린아이에게 있어서 아버지는 돈을 벌어 오는 사람이고, 어머니는 밥과 빨래를 해 주는 사람에 지나지 않습니다.

유치원에서 어린아이가 세수를 했습니다. 얼굴에서 물이 뚝뚝 떨어진 채로 선생님께 왔습니다. 그리고 이렇게 말합니다.

"선생님, 얼굴 좀 닦아 주세요."

선생님이 다른 일을 하다가 바빠서 이렇게 말했습니다.

"네가 닦아라."

그러자 아이는 못 닦는다고 대답했습니다. 그때 선생님이 놀라서 이렇게 물었습니다.

"너는 손이 없니? 왜 못 닦니?"

그러자 아이가 이렇게 대답하는 것이었습니다.

"집에서는 언제나 엄마가 닦아줘요."

이런 아이가 나중에 커서 결혼하게 되면 어떻게 되겠습니까?

"여보, 내 얼굴 좀 닦아줘."

또 늙으면 어떻게 되겠습니까?

"얘야, 와서 내 얼굴 좀 닦아라."

그렇게 된다는 것입니다. 장성한 사람이 되면 어린아이의 일을 버릴 줄 알아야 합니다. 어린아이는 무엇이든지 다 자기 입장에서 자기에게 유리하게 말하고 깨닫는 것입니다. 생각하는 것도 마찬가지입니다. 어린아이 한 명이 어머니가 선반 위에 올려놓은 과자를 훔쳐 먹었습니다. 어머니가 알고서 아이를 다그쳤습니다.

"이놈아, 사람은 보지 않지만 하나님께서 언제나 지켜보고 있다는 사실을 아느냐? 모르느냐?"

"예. 압니다."

"그러면 네가 과자를 훔쳐 먹을 때도 하나님이 너를 지켜보고 있었다는 사실을 아느냐? 모르느냐?"

"예. 알았습니다."

꼬박꼬박 "예."라고 대답은 잘합니다. 그래서 어머니가 또 물었습니다.

"그렇다면 네가 과자를 훔쳐 먹을 때 하나님이 '이놈!' 하고 야단치지 않으셨느냐?"

그랬더니 아이는 이렇게 대답했습니다.

"아니요. 하나님께서 말씀하시기를 '이제는 너와 나 단둘이 남았으니까 내 몫까지 네가 다 먹어라.' 라고 하셔서 제가 두 개를 꺼

내 먹었습니다."

이것이 바로 어린아이의 모습입니다. 어린아이는 전부 자기 위주입니다.

마찬가지로 우리가 주님의 몸 된 교회를 섬길 때 은사나 직분 중심이 되면 어린아이 수준에 불과할 뿐입니다. 무엇이든지 자신 위주로 생각하기 때문에 언제나 자신만 옳다고 생각합니다. '나' 만 잘났다고 생각하는 것이죠. 그렇기 때문에 다툼이 생기는 것입니다.

어린아이와 어른을 구별하는 분기점은 사랑입니다. 사랑이 있을 때 비로소 말하는 것, 깨닫는 것, 생각하는 것이 달라질 수 있습니다. 그전에는 무엇이든지 자신 위주로 행동하다가 사랑이 있을 때 비로소 다른 사람을 배려할 줄 아는 마음이 생기기 때문입니다. 교회를 섬길 때 은사 중심이 되지 말고 언제나 사랑 중심이 되어야 할 것입니다.

둘째, 사랑이 없는 은사는 거울로 보는 것과 같습니다.

"우리가 이제는 거울로 보는 것같이 희미하나 그때는 얼굴과 얼굴을 대하여 볼 것이요, 이제는 내가 부분적으로 아나 그때는 주께서 나를 아신 것같이 내가 온전히 알리라."

사도 바울이 고린도서를 기록할 당시 고린도는 거울의 특산지로 거울을 많이 생산했습니다. 그런데 거울을 만드는 법은 요즘과 달랐습니다. 요즘은 유리의 뒷면에 수은을 발라서 거울을 만듭니다. 그러나 그 당시에는 그런 기술이 없었습니다. 그저 금속을 반질반질하게 문질러서 광을 내어 거울을 만들었습니다. 그러다 보니 요즘 거울처럼 뚜렷하게 보이지 않았습니다.

사도 바울은 거울로 보는 특징을 두 가지로 얘기했습니다.

첫째, 희미합니다. 아무리 질이 좋은 거울이라 할지라도 눈으로 얼굴과 얼굴을 대보는 것만큼 분명하지 않습니다. 그저 희미하게 보일 뿐입니다.

둘째, 한계가 있습니다.

그래서 사도 바울은 부분적으로 안다고 말했습니다. 거울로 보는 것처럼 부분일 뿐입니다.

자동차를 운전하는 사람들은 잘 알고 있습니다. 백미러를 통해 뒤를 본 뒤 차가 없음을 확인하고 차선을 바꾸려고 합니다. 그런데 갑자기 옆에서 "빵!"하는 경적에 놀라 핸들을 제자리로 돌린 경험이 있을 것입니다. 이른바 사각지대가 있기 때문입니다. 거울로 보는 데는 한계가 있는 것입니다.

우리가 주님의 몸 된 교회를 섬길 때 은사 중심이나 직분 중심이 되면 거울로 보는 것과 같습니다. 분명하지 못합니다. 희미할 뿐입니다. 또한 온전히 알지 못하고 부분적으로 알뿐입니다. 그렇게 되면 나를 통해 예수 그리스도가 분명히 나타나지 않습니다. 자기 자신만이 드러날 뿐입니다.

사랑 중심으로 섬겨야 합니다. 그래야 얼굴과 얼굴을 대보는 것처럼 분명하게 예수님을 바라볼 수 있습니다. 아울러 우리의 섬김을 통해 예수님을 나타낼 수 있습니다. 우리가 사랑하면 얼굴과 얼굴을 대보고 싶은 마음이 절로 생깁니다. 그러나 마음속에 사랑이 없고 미움이 있으면 얼굴을 마주치기조차 싫은 것이 사실입니다. 비딱하게 볼 수밖에 없습니다.

덴마크의 수도 코펜하겐에 가면 국립박물관이 있습니다. 그곳에 예수님의 초상화 한 폭이 소장되어 있습니다. 유명한 그림입니다. 세계적으로 많은 사람들이 찾아가 그 그림을 감상합니다. 그래서 그림 앞은 늘 붐비고 있습니다.

한 번은 미국의 어느 화가가 일부러 그 그림을 감상하기 위해 비행기를 타고 코펜하겐에 갔다고 합니다. 그는 찬찬히 그림을 보면서 분석했습니다. 그런데 그에게는 기대가 크다 보니 실망이 조금 생겼습니다. 그래서 그는 자기 친구에게 이렇게 말했다고 합니다.

"여보게, 사실 나는 그림을 보고 조금 실망했다네. 색채감도 그렇고 기법도 뛰어나지 않은 것 같아. 솔직히 말하면 내가 그림을 그려도 저 정도는 그릴 수 있을 것 같네."

그 말을 듣고 친구가 이렇게 말했습니다.

"아니야. 내 생각은 달라. 예수님의 얼굴을 보면서 어떻게 인간적인 시각을 가지고 비판적으로 따지면서 볼 수가 있겠나? 예수님을 사랑하는 마음을 가지고 예수님의 얼굴을 우러러 보게나. 겸손하게 마음의 무릎을 꿇고서 다시 한 번 쳐다보게나. 그러면 다른 감동이 있을 걸세."

친구의 이야기를 듣고 난 뒤 그 화가는 사랑의 마음으로 다시 예수님의 모습을 우러러 보았습니다. 그러자 놀라운 일이 일어났습니다. 조금 전까지 발견하지 못했던 감동이 그의 마음속에 몰려오기 시작했습니다. 그 그림은 정말로 예수님의 인자하고 온유한 모습을 잘 나타내 주었습니다. 예수님의 사랑을 생동감 있게 표현한 그림이었습니다. 그래서 그도 놀라운 감동을 느끼면서 넋을 잃고 그림 앞에서 오랫동안 감상을 했다고 합니다.

그렇습니다. 우리가 주님의 몸 된 교회를 섬길 때 은사 중심, 직분 중심이 되면 거울로 보는 것과 같습니다. 그저 희미할 뿐입니다. 또 부분적으로 보일 뿐입니다. 그래서 사랑으로 섬겨야 합니다. 그래야 얼굴과 얼굴을 대보는 것처럼 예수 그리스도를 밝히 볼 수 있습니다. 또한 밝히 나타낼 수 있습니다.

셋째, 사랑은 우리를 성숙하게 합니다.

사도 바울이 보기에 고린도 교인들은 영적으로 유치한 수준에 머물러 있었습니다. 어린아이의 일들을 버리지 못했기 때문입니다. 그들은 서로 시기하며 싸우고 있었습니다.

고린도 교회는 사도 바울이 세웠습니다. 바울은 교회를 세우고 나서 계속해서 다른 곳에 가서 선교 사역을 했습니다. 바울이 떠나고 난 뒤에 아볼로가 고린도 교회에서 사역했습니다. 아볼로는 바울에게서 복음을 받았던 사람입니다. 또한 브리스길라와 아굴라 부부에게서 복음을 받았던 사람입니다. 그는 언변이 좋아 웅변적으로 설교를 아주 잘했습니다. 그러다 보니 고린도 교인들 가운데는 아볼로를 추종하는 사람들이 생겨났습니다. 소위 말하는 아볼로파인 것입니다.

그러나 이런 상황을 보며 사람들은 말했습니다.

“그래도 우리 교회를 세운 분이 사도 바울인데 우리가 바울을 좇아야지 어떻게 그를 배신할 수 있나?”

그래서 그 사람들이 바울파를 만들었습니다. 바울파와 아볼로파에 속하지 못하는 사람들은 또 이렇게 주장했습니다.

“바울이나 아볼로나 사실은 예수님의 뒤를 한 번도 따른 적이 없던 사람들이잖아? 그래도 예수님의 수제자가 되어서 예수님을 3년 동안이나 따라다녔던 베드로, 게바가 최고지! 게바를 좇아야지.”

그래서 베드로, 곧 게바파가 또 생겨났습니다. 하지만 그것으로 끝이 아니었습니다. 나머지 사람들은 또 이렇게 주장했습니다.

“바울이나 아볼로나 게바나 다 사람인데 어떻게 사람들을 좇을 수가 있어? 그리스도를 좇아야지.”

그렇게 해서 그리스도파가 또 생겼습니다.

그들은 이런저런 파당을 만들어 서로 시기하고 헐뜯으며 자기들이 잘났다고 계속해서 다투었습니다. 그러니 사도 바울이 보기에 얼마나 유치했겠습니까? 그런 일이 벌어지게 된 것은 고린도 교인들에게는 사랑이 없었기 때문입니다.

사랑만이 우리를 성숙하게 만듭니다. 신앙의 연조가 우리를 성숙하게 만드는 것이 아닙니다. 열심히 일한다고 해서 하나님이 보시기에 장성한 사람이 되는 것이 아닙니다. 성경 지식을 많이 안다고 해서 그 사람이 영적으로 성숙해지는 것도 아닙니다. 사랑으로 섬기고, 사랑으로 봉사해야 합니다. 그래야 하나님이 보시기에 장성한 사람의 모습이 되는 것입니다.

오랫동안 공직 생활을 하신 분이 있습니다. 그는 사회적으로 저명한 인사입니다. 그분은 장관직을 두 번이나 역임해서 귀한 일을 많이 하셨습니다. 그런데 5년 전 암으로 병원에서 사형선고를 받았습니다. 그때 이미 암세포가 온몸에 퍼져 있는 상태였습니다. 병원에서는 수술을 해도 6개월을 넘기기 어려우니 수술을 포기하고 사는 날까지 살라고 권했습니다.

그런데 이미 5년이 지났습니다. 그리고 아직도 건재하십니다. 말씀도 잘하시고 식사도 가리지 않고 잘 드십니다. 활동하는 데 전혀 지장이 없습니다. 그분 말씀이 자기는 매일 자기 속에 있는 암세포와 대화를 나눈다고 합니다.

"야, 어차피 네가 살겠다고 내 몸속에 들어왔으니 우리 서로 괴롭히지 말고 너도 살고 나도 살자. 네가 나를 너무 괴롭히면 내가 어쩔 수 없이 내 몸에 칼을 댈 수밖에 없지 않니? 칼을 대는 순간 너도 죽지 않니? 내가 살아야 너도 살지. 내가 죽으면 너도 죽을 수밖에 없지 않니? 그러니 너도 살고 나도 살기 위해서 우리 서로를 괴롭히지 말고 함께 살자!"

이런 식으로 매일 몸속에 있는 암세포와 대화를 나눈다고 합니다. 그리고 이따금 통증이 느껴질 때면 이렇게 달랜다고 합니다.

"알겠다. 너 지금 살아있다고 내게 신호를 보내는 모양인데 그 정도로 충분하다. 더 아프면 내가 견디기 괴로우니까 그 정도 신호를 보내는 것으로 만족하자."

자신을 찌르고 있는 육체의 가시를 아예 친구처럼 함께 살기로 마음먹은 것입니다. 그러니 속이 편안한 것입니다.

우리가 살아가다 보면 때로는 우리의 육체를 찌르는 가시가 있을 수 있습니다. 또 때로는 우리의 마음을 찌르고 우리의 심령을 찌르는 사람의 가시가 있을 수도 있습니다. 그것 때문에 너무 괴로워하지 말아야 합니다. 우리는 함께 더불어 살아가는 법을 배워야 합니다. 그것이 바로 성숙한 사람의 모습입니다.

많은 사람들이 모두 살아온 배경이 다릅니다. 어떻게 내가 생각하는 대로 똑같이 생각해 주길 기대할 수 있겠습니까. 더불어 주님을 섬기고 살아가며 신앙생활을 해 나가는 방법을 배워야 합니다. 그리할 때 우리는 평안한 가운데 든든히 나아갈 수 있을 것입니다. 사랑의 열매를 아름답게 맺게 될 것입니다.

10

만일 나의 벗이 애꾸눈이라면 나는 벗을 옆에서 바라보겠다.

슈베르트

이동원

지구촌교회 담임목사입니다. 윌리엄틴데일대학교에서 성서 신학을 전공했고 사우스이스턴대학교에서 신학을 공부했습니다. 고려대학교 대학원 상담심리학을 전공했고 트리니티복음주의신학원에서 선교학 박사 학위를 취득했습니다. 밝은 지성과 유머, 예리한 통찰력으로 성경을 통한 현장감 넘치는 적용을 들어 사람들에게 도전과 위로를 주는 이 시대의 복음 설교자입니다.

우정의 의미

최근 극장가에는 이상 기류 하나가 흐르고 있다고 합니다. 과거에 수입 영화가 아니면 흥행이 안 되던 신화를 깨고, 우리 한국 사람들이 만든 국산 영화가 할리우드 영화를 압도하는 이상 기류가 나타나고 있다고 합니다.

그 이유를 분석하는 전문가들의 견해는 다양하게 엇갈리고 있지만, 공통된 지적 가운데 하나가 있습니다. 최근 히트하고 있는 영화들이 대부분 한국인의 소위 바닥 정서, 우리가 잃어버리고 있지만 잠재되어 있는 어떤 정서적 갈망들을 자극하고 있다고 합니다. 아마도 그런 대표적인 작품이 〈친구〉라든지 혹은 〈신라의 달밤〉 같은 영화들이 아닐까 생각이 됩니다.

사실 두 영화가 작품성에 있어서는 별것 아니지만 그렇게 많은 관객 동원에 성공할 수 있었던 가장 중요한 원인은 대중들에게 어필하는 어떤 정서적 공감대가 있었다는 사실을 우리는 지적하지 않을 수가 없습니다.

그 정서적 공감대의 정체는 한마디로 말하면 순수한 친구에 대한 갈망, 우정에 대한 인간의 마음속에 잠재된 갈망이라고 할 수 있을 것입니다. 그런데 한국에서는 옛날부터 친구를 한문으로 지기(知己)라고 불러왔습니다. 지금은 그 말을 많이 쓰지는 않습니다.

지기는 알 지(知)자에다가 자기 할 때 기(己)자를 씁니다. 나를 알아주는 사람, 나와 더불어 마음을 같이 할 수 있는, 그리고 마음을 이해해 줄 수 있는 사람을 뜻합니다. 이런 친구를 자신의 인생에서 갖는다는 것은 분명한 행복의 요소가 아닐 수 없습니다. 이런 친구를 일찍이 어려서부터 갖고 있을수록, 또 그런 친구가 주변에 여러 사람 있을수록 우리 인간의 행복지수는 높아질 수밖에 없습니다. 그래서 이런 친구들을 우리는 예로부터 죽마고우라고 불러왔습니다.

죽마고우.

예수님께서는 3년 동안 제자들과 슬픔과 기쁨을 같이하시고 또

삶에 여러 가지 교훈들을 같이 나누시는 생애를 살아오다가 거의 3년의 끝자락, 마지막 부분에 제자들을 모아 놓고 다락방에서 유훈 같은 교훈을 남기셨습니다. 우리가 이 교훈을 가리켜 소위 다락방 감화라고 말합니다.

이 세상을 떠나기 직전에, 십자가를 지시기 직전에 제자들을 모아 놓고 다락방에서 마지막으로 남기신 이 교훈 가운데 한 대목은 제자들에게 아마 깊은 충격을 주었으리라 생각됩니다.

한참 교훈을 베푸시다가 갑자기 예수님께서 제자들을 돌아보며 "너희들은 이제부터 나에게 있어서는 종과 같은 존재가 아니다. 너희들은 내 친구다." 이렇게 말씀하신 것입니다. 너희들은 내 친구라고.

유대의 문화적 정서는 한국과 대단히 흡사합니다. 그래서 스승과 제자의 관계는 거의 주인과 종의 관계에 비교될 수 있는 과거의 그런 정서를 갖고 있었습니다. 그런데 친구라니, 스승 편에 서 있는 사람이 갑자기 말하기를 이제부터 그대들은 나의 친구라, 이 말은 제자들을 얼마나 놀라게 만들었을까요.

도대체 친구란 무엇일까요? 소위 우정의 의미를 정의하려고 함이 아닙니다. 오히려 친구라는 것이 어떻게 만들어지고 소위 우정이라는 것이 가지고 있는 구조, 우정이 형성되는 단계를 주목해 보고자 합니다. 그 단계 속에서 나타나는 우정이라는 의미를 함께 나누고 싶어 하는 것입니다.

이런 우정이 형성되는 단계에 대해서 매우 의미 깊은 교훈들이 우리에게 던져졌습니다. 우정이 형성되는 단계는 도대체 무엇일까요?

첫째, 우정은 선택으로 시작된다는 것입니다.

우리의 일생을 통해 많은 사람을 만나면서 일생을 살아갑니다. 그러나 우리가 만나는 모든 사람들이 반드시 다 우리의 친구가 되는 것은 아닙니다. 그중 오직 몇 사람만이 나의 친구가 됩니다. 이렇게 선택된 친구들은 우리 인생의 길을 통해 매우 중요한 영향을 주기도 하고 받기도 합니다. 그래서 서양의 속담처럼 전해지는 명언 가운데 본래 세르반테스가 이 말을 처음 했다고 전해집니다마는 "그가 어떤 사람인가를 알기를 원한다면 친구를 보라."는 말이 있습니다.

일생을 통해 우리는 많은 선택을 합니다. 아마도 가장 중요한 선택이 있다면 그것은 구원을 위해 우리가 예수 그리스도를 선택하는 것, 그를 구주와 주님으로 선택하는 것, 그것은 영원한 운명을 좌우하는 선택입니다.

인생에서 그다음으로 중요한 선택이 있다면 배우자의 선택이라고 생각합니다. 일생을 함께하는 아내, 남편을 선택하는 것처럼 중요한 일은 없습니다. 그리고 우정의 선택, 혹은 친구의 선택은 아마도 그다음쯤 오는 인생의 중요한 선택일 것입니다.

그렇다면 우리는 어떻게 친구를 선택해야 할까요? 이 선택의 성경적 가이드라인이 있을까요?

예수님이 뜻밖에 선택했던 열두 제자들에게 "너희들은 내 친구다."라고 말씀하시면서 매우 의미 있는 말씀을 하셨습니다.

"너희가 나를 택한 것이 아니라, 내가 너희를 택하여 세운 것이다."

이렇게 해서 친구가 된 것입니다.

물론 이 말씀의 중요한 뜻은 구원이라는 것은 인간 편에서 시도된 것이기에 앞서서 하나님의 주권적 의지와 간섭에 근거한 것이라는 의미입니다. 이 말씀은 우리의 우정의 선택에도 적용될 수 있습니다. 어떤 사람은 친구가 없다고 불평을 합니다. 친구가 어느 날 갑자기 내 인생 속에 나타나길 기다립니다. 그러나 이 말씀을 적용해 보면 친구란 어느 날 갑자기 인생 속에 나타나는 것이 아니라 내가 스스로 누군가를 선택함으로써 친구가 될 수 있다는 것입니다.

다시 말해 내가 어떤 사람에게 친구가 되어 줌으로써 오히려 우리가 친구의 관계 속에 적극적으로 들어갈 수 있다는 사실을 우리에게 교훈하고 있습니다. 그렇다면 내가 어떤 사람을 선택한다면 왜 선택할까요?

예수님이 열두 제자를 친구로 선택하신 어떤 동기를 우리는 알 수 있습니다. '너희가 나를 택한 것이 아니라, 내가 너희를 택하여 세운 것' 이라는 말의 이유는 너희로 가서 '과실을 맺게 하려고' 또는 그 '과실이 항상 있게 하려고' 하심입니다. 열두 명을 제자로, 그리고 친구로 선택하신 중요한 의도는 그들의 삶이 풍성하게 열매를 맺도록, 그 열매가 항상 있는 삶을 보고 싶어서였습니다.

예수님은 제자들을 친구로 선택함으로 자신이 어떤 이익을 얻기 위해서 친구를 선택한 것이 아닙니다. 만약 우리가 어떤 사람에게 무엇을 얻기 위해서 그를 친구로 선택한다면 그 우정은 이기심에 근거한 상대방을 이용하고 조작하려는 의도가 숨어 있는 선택일 수 있습니다. 그런 선택은 순수한 우정으로 발전하기는 어렵습니다. 그러나 예수님은 상대방의 삶 속에 축복이 되어 주기 위해서, 그리고 상대방의 삶이 하나님이 기대하는 것들로 풍성해지는 것을 보기 위해서 선택하셨습니다.

내가 상대방의 삶에 축복이 되어 주기 위한 선택은 그리스도인들이 우리 주변의 어떤 사람들과 우정을 형성하려고 할 때 주님에게 배울 수 있는 아름다운 우정의 선택입니다. 무엇을 얻기 위해서가 아니라 내가 덕을 보기 위해서가 아니라 내가 저 사람의 인생 속에 축복이 되어 주기 위해서 그들의 친구가 되겠다는 것입니다.

유명한 하버드와 예일대학교의 교수였던 헨리 나우웬은 캐나다의 토론토 근처의 데이브레이크라는 작은 공동체를 만들어 장애인들과 함께 살았습니다. 그는 장애인들을 친구로 삼고, 그들의 인생 속에 축복이 되어 주기 위해 선택한 그 길을 의미 있는 우정의 선택이라고 생각했습니다. 우리 또한 이런 동기로 나선다면 우리의 우정의 모습은 얼마나 달라질까요. 참된 우정, 그것은 선택에서 시작됩니다.

두 번째로 한 걸음 더 나아가서 우정은 나눔으로 자라 가는 것이라고 가르칩니다. 우정이 형성되는 두 번째 단계는 우정은 나눔으로만 자랄 수 있다는 것입니다.

우리가 어떤 친구를 한 번 만나고 "나는 당신의 친구가 되고 싶어요."라고 말하거나 "우리 친구가 됩시다."라고 약속한다고 그것이 순수한 우정으로 발전해 가는 것은 아닙니다. 우리는 많은 사람들을 단 한 번 만남을 끝으로 별 의미 없이 사라진 관계로 만들어 버립니다. 우리의 만남이 진솔한 우정으로 발전해 가기 위해서는 반드시 나눔이라는 하나의 과정이, 그러한 프로세서가 필요합니다.

그런데 이 나눔에 있어서 무엇보다도 중요한 것은 우리의 내면을 열어 상대방에게 보여 주는 비밀을 나눌 수 있는 나눔이어야 합니다. 그 비밀을 나누지 않고 우정은 깊이 있는 우정으로 발전해 갈 수 없기 때문입니다.

우리가 살았던 이 시대에 굉장히 큰 기독교적 영향력을 끼쳤던 상담자나 심리학자, 의사 가운데 폴 투르니에라는 사람이 있습니다. 그는 우정에 있어 비밀에 관리를 중심으로 한 인간의 성숙과 발달의 단계를 세 가지로 분류했습니다.

첫 번째 단계는 어린아이의 삶의 단계로 아이들은 비밀을 간직할 수 없음을 말합니다. 그것은 어린아이의 특성입니다. 비밀을 절대로 간직할 수가 없습니다. "아빠, 이건 비밀이야!"라고 말하고는 금세 그 비밀을 말해 버리는 것이 아이입니다. 어린아이들은 비밀을 간직하거나 지킬 수 있는 능력이 없습니다. 물론 어른 가운데서도 그런 사람이 가끔 있습니다. 그래서 그들을 어른 아이라고 표현하기도 합니다.

어린아이들이 사춘기에 접어들면 틴에이저의 단계가 되면서 달라지기 시작합니다. 소위 비밀을 갖기 시작합니다. 사춘기의 특성 가운데 하나는 비밀을 갖기 시작하는 나이라고 할 수 있습니다. 그래서 갑자기 부모에게 말을 하지 않고 비밀을 갖게 됩니다. 어쩌면 이것은 당연한 발달 과정의 한 모습이라고 할 수도 있습니다.

그러나 거기서 끝나는 것이 아닙니다. 사춘기에 들어선 자녀는 비밀을 간직하면서 그 비밀을 나눌 수 있는 친구를 찾기 시작합니다. 이때 좋은 친구를 갖게 되면 건강한 발전이 이루어지고 그렇지 못하면 매우 불안한 성정이 이루어질 수도 있습니다.

이러한 단계를 넘어서면 세 번째, 성인이 됩니다. 이 성숙한 성인의 단계에 있어서는 자기의 비밀을 나눌 수 있는 사람을 발견합니다. 그래서 부부가 되는 것입니다. 부부의 정의 가운데 하나가 비밀을 나눌 수 있는 친구의 발견이라고 생각합니다. 나의 약점과 아픔, 좌절과 실패를 나눌 수 있는 관계, 그것이 부부관계가 아닐까 합니다. 아주 특별한 친구가 되는 것입니다.

그러나 심리학자들은 이런 이성 배우자만으로 우리의 마음속에는 채워지지 않는 어떤 공간이 있다고 말합니다. 그 공간을 채우기 위해서는 동성관계의 건강한 친구가 필요하다고 지적합니다. 그런 친구들을 통해, 그리고 배우자를 통해 우리는 건강한 인생을 살아갈 수 있는 인격의 형성이 이루어진다고 합니다.

아주 흥미로운 사실은 예수께서 제자들에게 '너희들은 내 친구' 라고 말하는 이 시점을 우리는 주목해 볼 필요가 있습니다.

"이제부터는 너희를 종이라 하지 아니하리니 종은 주인의 하는 것을 알지 못함이라. 너희를 친구라 하였노니 내가 내 아버지께 들은 것을 다 너희에게 알게 하였음이니라."

다시 해석하면 이제부터는 내가 너희를 종으로 취급하지 않으며 친구로 삼겠다는 말입니다. 또 그 이유는 아버지께 들은 모든 것을 너희에게 알게 하였고 이제 알게 할 것이기 때문이라고 했습니다.

물론 예수님이 열두 제자를 선택한 그 직후부터 비밀을 말하기 시작했습니다. 그가 이 땅에 온 이유, 하나님의 아들이 사람의 아들이며 인자가 되어 이 땅에 오신 성육신의 비밀들을 나누기 시작했습니다. 그러나 예수님은 자기 생애에 거의 마지막 끝자리 단계와 와서 비로소 가장 중요한 십자가의 비밀을 말하기 시작합니다. 조금 있으면 그분이 죽으러 간다고, 그러나 그것은 단순한 죽음이 아닌 처소를 예비하러 간다고, 십자가의 엄청난 비밀을 말하기 시작했습니다.

정말 깊은 친구, 피상적인 친구가 아니라 깊이 있게 삶을 나누는 친구는 비밀을 말할 수 있는 친구입니다. 예수님은 지금 그 비밀을 말하고 있는 것입니다. 우리가 비밀을 말할 수 있다는 것에는 중요한 하나의 전제가 있습니다. 바로 신뢰입니다. 신뢰 관계가 없이는 아무도 비밀을 말하지 않습니다. 비밀을 말했다가는 큰일이 나기 때문입니다.

그런데 신뢰할 만하다는 어떤 수준에 도달하면 우리는 비밀을 말하기 시작합니다. 그때 진짜 친구가 되는 것입니다. 나만이 가지고 있는 약점이나 인생의 실패, 내가 숨기고 있는 인생의 갈등, 이런 속 깊은 내면을 열기 시작할 때 우리는 정말 친구가 되는 것입니다.

그럼 어디에서 이런 친구를 구할 수 있을까요?

교회라는 공동체야말로 우리가 좋은 신앙의 친구를 얻을 수 있는 하나님이 주신 마당이라고 생각합니다. 그런데 주일만 예배에 참석해서는 그런 친구를 얻을 수 없습니다. 저희 교회가 중요한 목표로 삼고 있는 'Cell Church화 하자!'라는 운동을 하고 있습니다. 소그룹에 들어가야 합니다. 마을 목장이라든지, 형제 선교회, 자매 선교회 등 작은 바이블 스터디 그룹에 들어가게 되면 비로소 그 안에서 우리는 마음을 열 수 있습니다. 그것도 쉽게 열리지는 않지만 믿을 만하다고 생각하면 어느 시점부터 열리기 시작합니다.

내가 내 안에 있는 것을 내어놓아도 비난받지 않고 오히려 이해될 수 있다는 확신을 가질 때 우리는 우리 내면 깊숙이 간직한 비밀을 나누기 시작합니다. 그리고 친구가 되는 것입니다. 그때 치유가 일어납니다. 우리 안에 건강한 삶이 형성됩니다.

교회에 나와도 사람들이 변화되지 않는 이유는 이런 나눔의 마당을 갖지 못하기 때문이라고 생각합니다. 교회가 존재하는 목적은 변화를 위한 것입니다. 그것은 나눔이 없이는 안 되는 일입니다. 우리가 자기의 마음을 열지 못할 때, 열지 않을 때 사람은 더 외로워지고 더 깊은 병에 걸리게 됩니다.

근대 인류 역사에 있어서 가장 불행했던 사람이 있다면 아돌프 히틀러가 아닐까 생각합니다. 유태인 600만 명을 죽이는 참극의 주인공이었던 그의 전기 작가는 그의 불행을 이렇게 표현했습니다.

"아돌프 히틀러의 불행은 친구가 없었던 불행이었다."

한 작가가 그의 전기를 쓰기 위해 사람들을 만났습니다. 히틀러의 친구가 될 만한 사람을 찾던 끝에 한 사람을 만나게 되었습니다. 어렸을 때부터 아주 가까이 지내던 사람으로 히틀러는 이 사람을 매우 중용했습니다. 그를 군수물자의 책임을 지는 사람으로 만들기도 했습니다. 그래서 그 사람과 인터뷰를 했는데 뜻밖에도 그는 이런 얘기를 이후에 남기게 됩니다.

"그에게 즉 히틀러에게 단 한 명의 친구가 있을 수 있었다면 그것은 나였을 것이다. 그러나 그는 즉 히틀러는 환상가였고 자신의 카리스마에만 몰두했을 뿐이었다. 그는 우정에 반응할 줄 모르는 사람이었다. 그는 본성적으로 우정을 거부하였고 매사에 우리와 공감할 수 있는 것을 의도적으로 피했다. 우리 모두는 단지 그의 거대한 에고의 투사체에 불과했다. 이 우정을 거부했던 사람, 이것이 바로 히틀러의 불행이었다."

히틀러와 어린 시절을 함께 보냈고 이후에 내각의 참모로 일했던 엘버트 스피어의 말입니다.

우리의 나눔이 정말 건강한 우정으로 발전하기 위해서는 내면을 열기 시작해야 됩니다. 우리 속을 열기 시작해야 합니다. 이러한 비밀을 나누는 우리의 내면을 열어 보이기 시작할 때, 우리의 우정은 깊은 의미의 우정으로 피상적인 우정이 아닌, 정말 깊은 우정으로 자랄 수 있다고 성경은 가르칩니다.

우정의 두 번째 단계는 나눔을 통해서만 자랄 수 있다는 것입니다. 한 걸음 더 나아가 세 번째, 우정이라는 것은 순종함으로 강화될 수 있습니다.

우정이 형성되는 세 번째 단계는 서로 피차에 순종함으로 그 우정을 강화시킬 수 있다는 것입니다. 우리가 서로를 신뢰할 수 있다면 서로를 따라갈 수 있어야 합니다. 신뢰하는데 안 따라갈 수가 없을 것입니다. 우리가 상대방을 믿을 수가 있다면 우리는 따라갈 수 있습니다. 함께할 수 있습니다. 이것이야말로 순종의 의미라고 생각합니다.

"너희가 나의 명하는 대로 행하면 곧 나의 친구라."

주님이 제자들에게 너희들이 친구이기 때문에 내 말을 무조건 따라야 한다, 순종을 강요하고 있는 대목이라고는 생각하지 않습니다. 이것은 그분의 말씀 앞에, 아니 그분에게 제자들이 순종함으로써 그분 자신이 아닌 그분을 이 세상에 보내신 하나님의 뜻을 이룰 수 있다는 것을 제자들에게 설득하고 있는 것이라고 생각합니다.

어떤 의미에서 그리스도인들은 운명 공동체라고 할 수 있습니다. 우리는 예수님을 믿기 시작한 순간부터 동일한 가치관과 세계관을 갖게 됩니다. 하나님의 나라를 위해서 일하게 되는 것입니다.

그렇다면 우리는 운명을 함께할 수 있는 자리까지 나아갈 수 있어야 합니다. 그럴 때 우리에게는 주님이 주신 그 말씀 중에 순종함으로써 함께 인생의 길을 걸어 갈려는 진지한 노력이 필요합니다.

현대 선교회에 매우 중요한 발자취를 남긴 사람 가운데 중국 내지 선교회에 소속해 있던 허드슨 테일러 선교사가 있습니다. 그가 영국으로부터 중국에 파견된 후 몇 년이 지난 후에 그의 생애 아주 커다란 위기가 찾아왔습니다. 갈림길이 찾아왔습니다. 그분은 의욕적인 선교사였기 때문에 여러 가지 개척 선교의 프로젝트를 시행했습니다. 그런데 너무나 빨리 가다 보니 선교 본부와 이견이 생기게 되었습니다. 그래서 선교 본부로부터 경고장을 받게 되었습니다.

"선교 본부를 탈퇴하든지 아니면 지금까지 하던 모든 프로젝트를 중단하고 순종하든지 선택하라!"

통지를 받은 허드슨 테일러는 깊은 절망 속에 빠졌습니다.

거의 같은 때에 그는 또 한 통의 편지를 받습니다. 그 편지는 영국에 있던 애인으로부터 날아온 편지였습니다. 그 편지는 너무나 모험적인 삶을 살고 있는 당신과 내 일생을 같이 할 수 없을 것 같다는 내용이었습니다. 그래서 교제를 끊자는 편지였습니다.

허드슨 테일러는 다시 깊은 낙심과 절망 속에 빠졌습니다. 그는 선교를 포기하고 싶었고 심지어는 인생을 포기하고 싶은 유혹까지 받았다고 합니다. 그런데 바로 그때 그가 위기를 극복할 수 있었던 것은 바로 곁에 있던 한 사람의 친구 때문이었습니다.

그 친구는 놀랍게도 허드슨 테일러보다 나이가 스무 살이나 많은 사람이었습니다. 친구 또한 선교사로 스코틀랜드 출신의 윌리엄 번스라는 사람이었습니다. 윌리엄 번스는 허드슨 테일러를 지켜보며 잠재능력이 있다고 생각합니다. 그래서 허드슨 테일러를 무척 좋아했고 자기보다 나이가 어린 사람이었지만 열심히 따라다녔습니다.

윌리엄 번스는 절망과 낙담에 빠진 허드슨 테일러에게 이런 제안을 합니다.

"모든 것을 다 잊어버리고 나와 같이 여행을 떠나자."

그래서 둘은 함께 여행을 떠나게 됩니다. 무려 7개월간의 중국 여행을 시작한 것입니다. 그러면서 중국의 여기저기를 돌아보고 쉬기도 하며 또 같이 사역도 했습니다. 그들은 많은 이야기를 나누었습니다. 그러는 동안 허드슨 테일러는 차츰 회복되기 시작했습니다.

7개월간 여행을 하며 윌리엄 번스는 허드슨 테일러에게 계속해서 두 가지 말을 건넸다고 합니다. "나는 자네를 믿네."라는 말과

"나는 말이야, 자네를 따라갈 거야."라고 합니다. 이 두 말이 허드슨 테일러를 회복시키는 데 결정적인 도움이 되었다고 합니다.

만약 허드슨 테일러에게 그 친구가 없었더라면 허드슨 테일러는 인생의 위기를 결코 극복할 수 없었을 것입니다. 이후 허드슨 테일러는 이렇게 회고했습니다.

예수님과 우리 사이의 관계에 있어 그분에게 어느 정도 절대적인 순종이 필요할 것입니다. 하지만 사람 사이의 관계, 우정에 있어서도 이런 절대적인 순종이 가능할까요? 그러지 못할지도 모릅니다. 순종이라는 단어를 쓴다고 해서 우리가 친구에게 맹목적 순종을 해야 한다는 의미는 결코 아닙니다. 친구 사이에도 의견을 달리할 수 있는 일은 얼마든지 가능하다고 생각합니다. 그런데 순종하지 못할 상황에서도 순종의 태도는 여전히 필요하다고 생각합니다. 순종하려는 태도, 나 자신이 누군가를 믿고 따라갈 수 있다는 태도가 필요한 것입니다.

비록 어떤 의견에 우리가 온전한 일치를 보지 못한다 할지라도 순종이라는 단어가 가진 중요한 핵심은 어떤 의견에 100퍼센트 합의를 말하고 있는 것이 아닙니다. 순종이라는 희랍어의 어근은 본래 듣는다는 단어에서 왔다고 합니다. 그렇다면 우리가 어떤 사람의 얘기를 귀 기울여 경청한다는 것은 어떤 의미가 있을까요? 상대방을 존중한다는 메시지를 보내는 것이 아닐까요? 그래서 우리는 상대의 말을 잘 들어 주는 것입니다. 어떤 경우에는 내 얘기를 들어 줄 수 있는 사람이 없어서 얼마나 외로운 삶을 살고 있습니까? 친구는 내 얘기를 귀 기울여 경청해 줄 수 있는 사람이라고 할 수 있습니다.

윌리엄 번스가 허드슨 테일러의 모든 결정에 대해 100퍼센트 찬성하고 동의한 것은 아닙니다. 윌리엄 번스의 자서전을 읽어 보며 7개월간의 여행을 통해 허드슨 테일러는 자신의 잘못된 생각들을 교정하게 되었다고 씌어 있습니다. 윌리엄 번스와의 대화를 통해서 말입니다. 그러나 중요한 것은 친구를 교정시키기 전에 윌리엄 번스는 외롭고 혼란 속에 있던 친구에게 진지하게 귀를 기울였다는 사실입니다.

아무도 나를 믿어 주지 않는 상황에서 나를 신뢰하고 내 말에 귀를 기울여 줄 친구가 우리 곁에는 있을까요? 이것이 순종의 첫 번째 걸음이라고 생각합니다. 그리고 이런 신뢰와 순종을 통해서만 우리의 우정은 비로소 견고해질 수 있습니다.

한 걸음 더 나아가서 마지막으로 우정의 네 번째 스텝이 있다면 우정은 희생으로 완성된다는 사실입니다. 이것이 우정의 마지막 완성의 단계라고 생각합니다. 지속적인 우정의 교류는 우리의 우정을 마침내 아가페적 사랑의 단계로 승화시킬 수 있어야 한다는 성경의 가르침입니다. 모든 진지한 우정이 마침내 도달해야 할 마지막 단계가 바로 이것입니다.

"사람이 친구를 위하여 자기 목숨을 버리면 이에서 더 큰 사랑이 없나니."

예수님은 친구를 위해 목숨을 버릴 수 있다고 말로만 한 것이 아닙니다. 십자기를 바로 앞에 두고, 십자가를 질 각오를 하고, 친구들을 위한 죽음을 각오하셨습니다. 바로 이 말씀을 하고 계신 것입니다.

모든 우정은 그 우정을 시험받는 어떤 테스트의 시기를 반드시 겪게 될 것이라고 생각합니다. 내가 구체적으로 어떤 인생에서 고난을 만나게 될 때 친구들의 모습을 지켜보십시오. 고난을 만났을 때 내 곁을 떠나가는 사람들이 있을 것입니다. 그것은 친구가 아닙니다. 그런 친구들은 벌써 떠나보냈어야 했는지도 모릅니다.

그러나 내 인생에서 고난과 고독의 순간, 내가 정말 방황할 수밖에 없는 그 순간 내 곁에 끝까지 머무를 수 있는 사람들, 그리고 나를 위한 가장 작은 희생이라도 진지한 희생의 노력을 보여 주고 있는 친구들이 인생길에 얼마나 큰 힘이 될까요. 그래서 영국 속담에는 이런 말이 있습니다.

"순경(順境)은 친구를 만들지만 역경은 우정을 시험한다."

로마의 철학자 킬케골은 이런 말을 남겼습니다.

"고난을 만나야 우리는 진정한 친구를 알아본다."

고난 속에 있을 때 곁에 머무를 수 있는 진정한 친구를 우리는 얼마나 가지고 있을까요?

세계 1차 대전 중에 있었던 실화라고 합니다. 미국 어느 마을에서 함께 자란 두 친구가 같은 시기에 전쟁에 징집되었습니다. 그런데 공교롭게도 두 친구는 같은 부대에 배치되었고 또 같은 전선에서 싸우게 되었다고 합니다. 한 번은 전선 순찰을 나갔다가 갑자기 아군으로부터 격리되었습니다. 포탄을 나르기 시작했고 결국 포탄의 파편에 부상을 당하고 피를 흘리고 쓰러지게 되었습니다. 그 광경을 멀리 참호에서 바라보고 있던 친구가 견딜 수 없어 쓰러진 친구에게 달려가려고 할 때 주변에 있던 부대원들이 그를 막아섰습니다. 그리고 부대장이 그를 막았습니다.

"가면 안 돼. 이미 늦었어, 너까지 죽어!"

그러나 분대장이 잠시 시선을 다른 쪽으로 돌리는 사이 그는 쓰러진 친구가 있는 곳을 향해 달렸습니다. 그리고 친구를 업고 다시 참호로 돌아왔습니다. 그때 친구는 이미 숨이 멈춘 상태였다고 합니다. 그런데 분대장은 화를 내며 소리를 질렀습니다.

"내가 늦었다고 말하지 않았나. 너까지 죽을 뻔하지 않았나."

그때 친구는 분대장에게 이런 말을 했다고 합니다.

"분대장님. 그렇지만 제가 이 친구에게 다가갔을 때는 살아있었습니다. 그때 친구가 저에게 뭐라고 말했는지 분대장님은 아십니까?"

"뭐라고 그랬나?"

친구는 헐떡이며 이렇게 말했습니다.

"친구야, 나는 네가 나한테 올 줄 알았지."

진정한 우정을 나눈 친구의 이야기입니다.

인생을 살아가며 이런 친구를 만날 수 있기를 기도하고 싶습니다. 이런 친구와 더불어 가는 인생길은 얼마나 보람 있는 삶이겠습니까. 하지만 이런 친구를 만나기에 앞서 스스로 어떤지 생각해 봐야 합니다. 친구가 없다, 인생이 외롭다 투덜거리고 있지는 않습니까. 그렇다면 먼저 우리를 친구라 불러 주길 기뻐하시면서 다가오는 예수 그리스도라는 분을 만났는지 생각해 보십시오.

우리는 예수님을 향해 이렇게 고백합니다.

“예수님, 나의 구세주이시여, 그리고 나의 주님이시여.”

그러나 하나의 명칭으로 예수님을 부를 수 있는지도 스스로에게 물어봐야 합니다.

“나의 친구이신 예수님.”

우리가 찬송가의 가사에서 부른 대로 ‘죄 짐 맡은 우리 구주 어찌 좋은 친군지.’ 그분은 우리가 그분을 선택하기에 앞서 우리를 선택해 놓고 다가오신 분입니다. 우리가 그분을 붙드는 순간 하늘나라의 비밀을 우리에게 쏟아 놓으시면서 함께하겠다고 말씀하시는 분이십니다. 그리고 십자가에서 기꺼이 우리의 죄와 고난을 짊어지고 대신해 죽음을 맞으시고 부활하신 그분이십니다. 우리에게 사랑한다고 고백하시면서 다가오는 바로 그분, 예수 그리스도를 우리는 친구로 정말 만난 적이 있는지 스스로에게 물어야 합니다. 그분을 만났다면 그 위대한 친구 앞에 이렇게 요청해 보십시오.

“사랑하는 주님. 저에게 저의 친구이신 주님을 함께 섬길 수 있는, 이 놀라우신 주님을 함께 전할 수 있는 친구들을 만나게 해 주십시오.”

그렇게 될 때 우리는 그리스도 안에서 좋은 친구들을 발견하게 될 것이고, 그 친구들과 더불어 우리의 위대한 친구이신 주님을 섬기는 놀라운 행복과 감격 속에 들어갈 수 있을 것입니다.

고 함석헌 선생의 〈그 사람을 가졌는가〉라는 시가 생각납니다.

만 리 길 나서는 길
처자를 내맡기면
맘 놓고 갈 만한 사람
그 사람을 그대는 가졌는가.

온 세상 다 나를 버려
마음이 외로울 때에도
'저 맘이야' 하고 믿어지는
그 사람을 그대는 가졌는가.

탔던 배 꺼지는 시간
구명대를 서로 사양하며
'너만은 제발 살아다오' 할

그 사람을 그대는 가졌는가.

불의의 사형장에서
'다 죽어도 너의 세상 빛을 위해
저만은 살려 두거라' 일러 줄
그 사람을 그대는 가졌는가.

잊지 못할 이 세상 놓고 떠나려 할 때
'저 하나 있으니' 하며
빙긋이 웃고 눈을 감을 그 사람을 그대는 가졌는가.

온 세상의 찬성보다
'아니' 라고 가만히 머리 흔들 그 한 얼굴 생각에
알뜰한 유혹을 물리치게 되는
그 사람을 그대는 가졌는가.

함석헌, 〈그 사람을 가졌는가〉

11

감정을 잘 다스렸을 때 비로소 소박한 마음이 생겨나는 법이다.

달랑베르

이수영

장로신학대학교 신학대학원을 졸업하고 프랑스 스트라스부르대학교 박사 학위를 받았습니다. 장로회신학대학교 조직신학교수로 봉직했고 새문안교회 담임목사로 사역 중입니다. 교인 개개인마다 하나의 봉사 활동을 하는 캠페인을 벌이며 이웃 사랑을 전하는 바른 신앙인을 양육하고 있습니다. 또한 서울시립서대문종합노인 사회복지관과 종로종합사회복지관을 위탁 운영을 하며 섬김과 봉사의 본을 보이고 있습니다.

우리가 버리고 갈 것들

최근 마음이 그다지 편하지 않았습니다. 속으로 분노한 일도 있었고 마땅히 회복되어야 할 것들이 해를 넘기지 않고 모두 회복되었으면 하고 바라면서도 그 해결의 실마리가 보이지 않아 안색이 어둡기도 했을 것입니다. 웃음도 많이 사라졌을 것입니다. 또한 교우들에게 따뜻한 눈길도 보내지 못했을 것입니다. 자연히 교우들의 마음도 무거웠으리라 생각합니다. 경제적으로 움츠러들고 시름이 쌓일 교우들에게 위로가 되지 못한 것 같아 미안하기만 했습니다.

그러던 차 아주 최근에 뭔가 억눌려 있던 마음을 풀어 주고 여유롭게 해 주는 일이 있었습니다. 그것은 몇 편의 시를 읽다가 문득 제 자신을 돌아보며 새삼 깨달음을 가진 것입니다. 그 시들은 우리 한

나여전도회에서 2008년도 정기총회자료의 부록으로 만든 유인물에 실린 것입니다.

이어령, 김현승, 정지용, 조병화 등 작가들의 주옥같은 시 열한 편이었습니다. 한 해를 마무리하는 정기총회에서 시를 나눈다는 것은 흔한 일이 아닐 것입니다. 우리 한나여전도회가 그렇게 멋진 여전도회인 줄 예전엔 미처 몰랐습니다. 그 시 모음집을 제 책상에 놓고 가신 분께 정말 감사드립니다.

하나같이 아름답고 감동적인 시였지만 특히 제 눈길과 마음을 붙든 시 가운데 두 편이 있습니다. 그 첫 번째는 김시현 시인의 〈낙엽〉이라는 시입니다.

낙엽은 미래의 동경도 없고
슬픔과 희열에 넘치는 감정도 없다.
그러나 세상을 터득한 철학이 있고
애련을 놓아버린 평화가 있다.
이제 어디에 떨어진다 해도 불만이 없다.
바람이 불어오는 대로 따라가면 된다.
돌담 밑 그늘진 곳도 좋고

양지 볕 따스한 곳도 좋다.

어디인들 쉴 곳이 아니랴.

하늘하늘 춤추듯이 내려오는 낙엽에는

그냥 자연이 있을 뿐이다.

김시현, 〈낙엽〉

이 시를 다 읽은 순간 망치로 머리를 얻어맞은 느낌이었습니다. 하늘하늘 아무 데나 떨어져 앉는 낙엽에서 '애련을 놓아 버린 평화'를 보고 '자연'을 읽는 그 시인의 감수성과 통찰력이 부러웠습니다.

나도 한때 그런 시인의 마음을 품고 다닌다고 자부했었는데 어느새 이렇게 무뎌지고 어두워졌는지 반성을 했습니다. 사람들에게 세상을 터득한 철학과 애련을 놓아 버린 평화와 자연의 순리를 말없이 보여 주는 한 잎의 낙엽보다 못한 하루하루를 쫓기듯 살아가고 있는 것은 아닌가 하는 자책도 했습니다. 한 잎의 낙엽의 초연함과 한 시인의 달관이 바로 나의 것이어야 하는데 하는 아쉬움이 컸습니다.

그러나 그다음 순간 낙엽을 만들고 거기서 인생과 자연을 관조

하는 시선을 한 시인에게 허락하며, 그것을 통해 새로운 자기성찰을 하게 만드는 하나님의 은혜에 감사하지 않을 수 없었습니다.

또 한 편의 시도 엄청난 위로와 격려가 되었습니다. 김동익 시인의 〈깊이 있는 사랑〉이라는 시입니다. 친분이 있는 김동익 목사님과 이름이 같은 시인이었지만 확인을 하지는 못했습니다. 그 시의 저자가 누구라 하더라도 이 시는 목회의 고통을 다 체험하고 달관의 경지에 오른 분의 시라고 할 수 있는 것입니다. 우리가 가슴에 새겨야 할 시라고 생각합니다.

오해를 받는 것은 참기 어려운 일이지요.
그래도 변명하지 말고 그대로 가세요.
상대가 밉고 악마 같이 보이더라도
바보처럼 멍청이처럼 그냥 사세요.
당신이 착한 일을 하고 의로운 일을 할 때
그것을 "위선이다. 나쁘다."고 욕을 해도
그래도 이해하고 용서하세요.
피곤해도 정의의 걸음을 중단하지 마시고

사랑의 실천도 멈추지 마세요.
따질 일이 있더라도
입 막고
눈 막고
귀도 막고 사랑하세요.
말없이 끌어안고 사랑해 주세요.
사랑은 차별하지 않고
사랑은 조건 없이 주는 겁니다.
사랑은 교환 조건도 제시하지 않습니다.
미워도 다시 한 번
그런 마음으로 사랑하세요.
사랑을 무슨 열매 따는 것처럼
장사하듯이 생각하지 마시고
나무를 가꾸듯이
멀리 보고 인내하며 사랑을 가꾸세요.

김동익, 〈깊이 있는 사랑〉

이 시를 읽고 나서 시의 제목대로 '깊이 있는 사랑'을 하지 못했구나 하는 반성을 했습니다. 분노하게 하는 이들에게 보냈던 경멸의 시선이 떠올라 부끄러웠습니다. 이 해가 가기 전에 떨쳐 버려야겠다고 다짐했습니다.

그래서 지금 저로부터 부드러운 미소를 받지 못한 분에게 사과합니다. 용서해 주길 바랍니다. 보다 환하게 웃는 모습을 보이도록 노력하며 살겠습니다. 사실 어디 가나 제 인상을 얘기하는 사람들로부터 제일 많이 들어온 말이 '해맑은 미소'라는 말이었는데 다시 그 해맑은 미소를 되찾도록 힘쓰겠습니다. 부임 당시에 비해 머리가 많이 세어 마음이 여린 교우들에게 무고한 죄책감을 안겨 주는데 해맑은 미소까지 빼앗았다는 비난을 받게 할 수는 없다는 생각이 듭니다.

사도 바울은 예수 그리스도의 지체들인 그리스도인들 사이의 개인적인 관계가 바로 서고 그리스도의 몸 된 교회 안에서 일치가 유지되기 위해 필요한 여러 가지 권면을 하고 있습니다.

"그런즉 거짓을 버리고 각각 그 이웃과 더불어 참된 것을 말하라. 이는 우리가 서로 지체가 됨이라. 분을 내어도 죄를 짓지 말며 해가 지도록 분을 품지 말고 마귀에게 틈을 주지 말라. 도둑질하는 자는 다시 도둑질하지 말고 돌이켜 가난한 자에게 구제할 수 있도록 자기 손으로 수고하여 선한 일을 하라. 무릇 더러운 말은 너희 입 밖에도 내지 말고 오직 덕을 세우는 데 소용되는 대로 선한 말을 하여 듣는 자들에게 은혜를 끼치게 하라. 하나님의 성령을 근심하게 하지 말라. 그 안에서 너희가 구원의 날까지 인치심을 받았느니라. 너희는 모든 악독과 노함과 분냄과 떠드는 것과 비방하는 것을 모든 악의와 함께 버리고 서로 친절하게 하며 불쌍히 여기며 서로 용서하기를 하나님이 그리스도 안에서 너희를 용서하심과 같이 하라."

여기서 버려야 할 것들을 버리고 지켜야 할 것들을 지키면 교회 안에서의 평화와 일치는 저절로 이루어질 것입니다. 무엇을 버리라 합니까? 거짓을 버리라 합니다. 도둑질을 버리라 합니다. 더러운 말을 버리라 합니다. 모든 악독과 노함과 분냄과 떠드는 것과 비방하는 것을 모든 악의와 함께 버리라 합니다. 이런 것들은 정말로 평화를 짓밟고 일치를 깨뜨리는 행동들이기 때문입니다. 우리 각자에게 이런 모습들이 조금이라도 있었다면 이 해를 넘기지 말고 다 버리고 갈 수 있기를 바랍니다.

사도 바울은 특히 분노를 버릴 것을 반복해서 권면합니다.

"분을 내어도 죄를 짓지 말며 해가 지도록 분을 품지 말고 마귀에게 틈을 주지 말라."

분노를 품고 지내는 것은 마귀에게 틈을 주어 우리로 죄를 범하고 말게 하는 일임을 강조하는 말입니다. 여기서 우리는 아담과 하와의 아들 가운데 하나인 가인의 이야기를 생각하지 않을 수 없습니다.

가인과 그의 아우 아벨의 비극적인 이야기가 있습니다. 가인은 농사하는 자였고 아벨은 양 치는 자였습니다. 어느 날 두 형제가 하나님께 제사를 드렸는데 가인은 땅의 소산으로 제물을 드렸고 아벨은 양의 첫 새끼와 그 기름으로 제물을 드렸습니다. 그런데 하나님께서 아벨과 그의 제물은 받으셨으나 가인과 그의 제물은 받지 아니하셨습니다. 그러자 가인이 몹시 분하여 안색이 변했다고 합니다.

하나님께서 가인에게 말씀하시기를 "네가 분하여 함은 어찌 됨이며 안색이 변함은 어찌 됨이냐? 네가 선을 행하면 어찌 낯을 들지 못하겠느냐? 선을 행하지 아니하면 죄가 문에 엎드려 있느니라. 죄가 너를 원하나 너는 죄를 다스릴지니라." 하셨습니다. 그러나 가인은 하나님의 말씀대로 하지 못하고 그의 아우 아벨을 들로 데리고 나가 쳐 죽이고 말았습니다.

여기서 우리는 사람이 분노하고 안색이 변하면 죄가 문에 엎드리게 됨을 봅니다. 즉 분노에 사로잡히면 자칫하면 죄를 범하게 된다는 것입니다. 사탄이 우리로 하여금 죄 짓게 만드는 좋은 기회와 수단의 하나가 바로 분노라는 사실을 말해 주는 것입니다. 가인의 부모를 유혹해서 하나님의 말씀을 불신하게 만들고 교만하게 만들어 불순종하게 했던 사탄은 그들의 아들에게서는 분노를 사용하여 끔찍한 범죄를 자행하게 만든 것입니다. 그래서 성경은 도처에서 분노를 경계하며 분노를 다스릴 것을 권면하고 있습니다.

"노를 품는 자와 사귀지 말며 울분한 자와 동행하지 말지니 그의 행위를 본받아 네 영혼을 올무에 빠뜨릴까 두려움이니라."고 했습니다. 또한 "노하는 자는 다툼을 일으키고 성내는 자는 범죄함이 많으니라."고 말씀하십니다. 예수님께서도 "형제에게 노하는 자마다 심판을 받게 되리라."고 하셨습니다.

모든 악독과 노함과 분냄과 떠드는 것과 비방하는 것을 모든 악의와 함께 버리라고 합니다. '노함과 분냄'은 그 무엇보다도 우리가 먼저 버리고 가야 할 것입니다.

사도 바울이 무엇을 지킬 것을 권면하고 있습니까? 이웃과 더불어 참된 것을 말하는 것입니다. 돌이켜 가난한 자에게 구제할 수 있도록 자기 손으로 수고하여 선한 일을 하는 것입니다. 오직 덕을 세우는 데 소용되는 대로 선한 말을 하여 듣는 자들에게 은혜를 끼치게 하는 것입니다. 서로 친절하게 하며 불쌍히 여기며 서로 용서하기를 하나님이 그리스도 안에서 우리를 용서하심과 같이 하는 것입니다. 그 일들을 힘쓰면 평화로움과 하나 됨을 넘어서서 진실하고 사랑이 넘치며 은혜로운 삶이 될 것입니다.

버릴 것은 다 버리고 지킬 것은 더 열심히 지키는 우리가 되기를 바랍니다.

12

이 세상에서 가장 현명한 사람은 누구인가? 그는 모든 사람에게서부터 배움을 가진 사람이다. 이 세상에서 가장 강한 사람이 누구인가? 자기 자신을 이기는 사람이다. 이 세상에서 가장 행복한 사람은 누구인가? 범사에 감사할 줄 아는 사람이다.

《탈무드》 중에서

이철신

영락교회의 담임목사로 사역 중입니다. 사랑으로 한민족인 탈북자와 실향민을 마음에 품고 그들이 새 삶을 시작하도록 물품을 지원하고 있습니다. 또한 북한에 식량과 보건 의료를 지원하며 손과 발로 그리고 삶으로 사랑을 전하고 있습니다. 사랑으로 다음 세대를 세우는 교회를 지향하며 바른 신앙인을 키우고 있습니다.

감사하는 말을 합시다

최근에 우리나라는 욕설이 난무하는 사회가 되었습니다. 청소년과 대학생들은 욕설이 없으면 대화가 되지 않습니다. 주간조선에 실린 글을 보면 학력차, 소득격차, 교육비 지출 등과 관계없이 전국적으로 평준화, 평균화, 평등화를 이룬 것이 욕설 문화라고 합니다.

국립국어원이 2005년 발표한 청소년 언어 실태 조사에 따르면 고교생의 76퍼센트는 친구들과 대화할 때 욕설을 사용한다고 합니다. 일선 학교에서 바른 말, 고운 말 캠페인을 진행하는 교사가 "요즘 초등학생은 1분 동안 말할 때 30초가량은 앞뒤에 욕설을 섞어 쓴다."라고 말해 충격을 주었습니다. 특별히 밉거나 다투기 때문에 욕설을 하는 것이 아니라, 욕설을 쓰는 것이 일상생활이 되었기 때문입니다. 인터넷 게임을 할 때, 인터넷 채팅이나 메신저를 할 때 욕설을 쓰지 않으면 대화가 되지 않는다고 합니다.

청소년만 욕설을 쓰는 것이 아닙니다. 직장이나 거리에서 시위하는 사람들의 구호와 현수막의 글은 가슴을 철렁 내려앉게 하는 말들을 사용합니다. 사적으로 쓰는 말이 아니고, 공적으로 쓰는 말인데도 온갖 욕설, 악담, 독설을 서슴없이 사용합니다. 심지어는 교사들이 시위할 때도 역시 같은 말들을 사용합니다. 권위를 인정해 주어야 하는 대통령이나 정부 책임자들에게 욕설과 악담을 사용합니다. 본을 보여야 할 사람들이 공개적으로 욕설과 악담을 하니 청소년들만을 탓할 일이 아닙니다.

우리는 거룩한 삶을 살아가려고 애쓰는 사람들입니다. 그러므로 부끄러운 말을 버리고 감사하는 말을 해야 합니다. 성경은 "사랑을 받는 자녀같이 너희는 하나님을 본받는 자가 되고 누추함이나 어리석은 말이나 희롱의 말이 마땅치 아니하니 오히려 감사하는 말을 하라."고 합니다.

분노나 질투에 사로잡혀 불평하는 말, 욕을 하면 인간관계가 깨지게 됩니다. 오가는 대화가 악독한데 어떻게 친근감이 형성될 수 있겠습니까? 점점 더 관계가 멀어지고 깨질 수밖에 없습니다.

그러나 감사하는 말, 위로하는 말, 격려하는 말을 하면 친근감을 더 많이 느끼게 되고, 사랑하는 마음이 일어나게 되며 인간관계 또한 원만해집니다. 욕하는 말이나 악담을 하면 다툼과 분쟁이 생기고, 국가 간에 평화가 깨지고 전쟁이 일어나게 됩니다. 그러나 서로를 존중하여 점잖은 말을 하면 다툼과 분쟁은 그치고 평화가 형성됩니다.

부부관계 세미나나 가족관계 개선 프로그램에서 가장 많이 하는 것이 있습니다. 서로에게 감사한 제목을 기록하는 것입니다. 감사한 일 스무 가지를 기록하라고 하면, 처음에는 별로 쓸 것이 없습니다. 그러나 잘 생각해 보고 한 가지 두 가지 쓰다 보면 감사한 일들이 많이 떠올라 기록하게 됩니다. 평상시에는 당연한 것으로 생각했던 것들이 모두 감사한 일인 것을 깨닫게 됩니다. 감사한 일을 기록하면서 그동안 나 자신이 너무 무심하고 무감각했던 것을 깨닫고 회개하게 됩니다. 그리고 감사한 마음을 직접 말로 표현하여 고백하게 됩니다. 그러면 깨졌던 관계가 회복되고 관계가 친밀해지게 됩니다.

우리는 가정에서부터 감사하는 말을 해야 합니다. 직장과 사회에서 바른 말, 고운 말, 위로하는 말, 격려하는 말을 해야 합니다. 그래서 행복한 가정, 평화로운 사회를 만들어야 합니다.

13

사랑을 하고 있을 때 사람들은 다른 어떤 때보다도 훨씬 더 잘 견딘다. 즉 사랑이라는 이름으로 모든 것을 감내하는 것이다.

프리드리히 니체

전병욱

삼일교회의 담임목사로 혼돈의 시대를 살아가는 청년들에게 동시대 언어로 복음의 본질과 삶의 방향타를 시원하게 제시해 주는 설교자입니다. 연세대학교 경영학과와 총신대학교 신학대학원을 졸업하고 1994년 삼일교회에 부임했습니다. 곤고한 시대 앞에 어깨를 잔뜩 움츠리고 불안한 시선으로 미래를 응시하는 영혼들에게 강하고 담대한 현실 돌파의 능력을 체험하게 하고 연약한 이를 돌봐 다시 일어나게끔 하는 사랑의 목회자입니다.

사랑은 믿어 주는 것이다

모차르트의 오페라 중 〈코지판투테〉가 있습니다. '여자는 다 그래'라는 의미를 지닌 오페라입니다. 젊은 사관 굴리엘모와 페란도가 등장합니다. 그들은 각기 사랑하는 여인이 있었습니다. 서로 대화 중에 사랑은 변치 않는 것인지를 놓고 논쟁이 벌어졌습니다. 그래서 서로에게 자기 여자 친구를 시험해 보자는 내기를 하게 됩니다. 두 사람 모두 자기 애인은 어떤 유혹에도 넘어가지 않을 것이라고 큰소리를 칩니다.

굴리엘모와 페란도는 변장을 하고 상대방의 애인을 유혹했습니다. 결국 두 여자 모두 유혹에 넘어가게 됩니다. 두 남자는 유혹하는 중에 자기 애인보다 친구의 애인에게서 더 큰 매력을 느끼게 됩니다.

스토리는 조금 시시껄렁해 보이는 내용입니다. 그러면 이 오페라가 말하고자 하는 메시지는 무엇일까요? "사랑은 확인하는 것이 아니라 믿어 주는 것이다."라는 것입니다. 시험하려고 하면 사랑은 망가지게 되고 깨지게 됩니다. 사랑은 상대에 대해서 철저히 믿고 헌신하는 것입니다. 비록 상대방의 사랑이 연약할지라도 헌신적인 사랑을 만나면 변하게 되어 있습니다. 철저히 믿을 때 사랑은 완성됩니다.

어떤 초보 전도사가 있었습니다. 보통 때는 교회에서 장년 설교를 시키지 않는데 장년 설교를 맡게 되었습니다. 어떻게 해야 잘하는지를 놓고 그는 고민했습니다. 마침 그 동네에 설교를 잘한다는 목사의 집회가 있었습니다. 그는 어떻게 설교를 이끌어 가는지를 알려고 집회에 참석하게 되었습니다.

강사 목사는 이렇게 설교를 시작했습니다.

"여러분, 제가 이제까지 안아 보았던 여자 중에 가장 가슴이 따뜻한 여자는 다른 남자의 아내였습니다."

이 무슨 뚱딴지같은 소리입니까? 저런 부도덕한 목사가 다 있을까 사람들은 놀라워했습니다. 그다음 순간 "그런데 그 여자는 바로 나의 어머니입니다."라는 말을 듣고 긴장을 풀었습니다. 이후 사랑의 중요성에 대해서 풀어 나가기 시작했습니다. 전도사는 무릎을 탁 치면서 바로 설교는 저렇게 하는 거구나 생각했습니다.

전도사는 교회로 돌아가 설교를 시작했습니다. 응용도 하지 않고 들었던 목사의 설교를 그대로 말했습니다.

"여러분, 제가 이제까지 안아 보았던 여자 중에 가장 가슴이 따뜻한 여자는 다른 남자의 아내였습니다."

갑자기 결혼도 하지 않은 젊은 전도사가 이상한 소리를 하자 어른들이 놀라 눈이 휘둥그레졌습니다. 어떤 권사는 놀라서 거품을 흘리고 쓰러지기도 했습니다. 순간 너무 큰 긴장감이 흘렀습니다. 찬물이 아니라 얼음물을 끼얹은 것 같았습니다.

전도사는 너무 당황한 나머지 그다음 말이 생각나지 않았습니다. 한참을 머뭇거리다가 할 수 없이 "그런데 그 여자가 누군지 생각이 나지 않습니다."라고 말했습니다. 완전히 설교를 망친 것이지요. 그 이후 무슨 은혜의 말씀을 증거해도 설교가 전달되기 어려웠을 것입니다.

이런 실수를 한 사람에게 다시 기회를 주어야 할까요?

제가 담임목사라면 다시 기회를 줄 것입니다. 잘해 보겠다고 한 실수이기 때문입니다. 교인들에게 사과하고, 경위를 설명한 뒤 다시 기회를 주어야 합니다. 믿어 주어야 성장합니다. 믿어 주면 다시 회복되게 됩니다.

예수님을 부인하고 저주한 베드로에게 다시 기회를 주어서 충성스런 사역자로 만든 예수님의 믿음을 잊지 말아야 합니다. 정죄는 기회를 박탈하고 죽이는 것입니다. 은혜는 기회를 주고 살리는 것입니다. 좀 더 인내를 가지고 믿어 주는 분위기가 확산되었으면 좋겠습니다. 그래야 인물이 나오기 때문입니다.

사랑을 반복적으로 받은 사람은 믿음이 생깁니다. 믿음이 흔들리는 이유는 사랑의 확신이 없기 때문입니다. 많이 사랑받으면 믿음이 생깁니다. 믿음이 생기면 들을 수 있습니다. 믿지 못하면 들을 수도 없습니다.

한 여자를 의심하게 되었습니다. 그러면 뭘 마시라고 해도 독약을 탄 것 아닌가 하며 의심을 하게 됩니다. 자꾸 보험을 들면 무슨 음모가 있는 것이 아닌가 하며 배후를 살피게 됩니다. 사랑이 없으면 믿음이 없고, 믿음이 없으면 들리지 않습니다.

예수님은 중요한 사역 때마다 하늘의 음성을 들었습니다. '내가 너를 건져주겠다, 너를 보호해 주겠다.' 는 말일 것으로 상상됩니다. 그런데 "이는 내 사랑하는 아들이요, 내 기뻐하는 자라."는 소리였습니다. 한마디로 "내가 너를 사랑한다. 너는 나의 기쁨이다."는 말입니다. 위기의 순간에 주신 말씀은 사랑과 믿음의 확인이었습니다.

요즘 커뮤티케이션의 문제를 많이 다룹니다. 제스처, 억양, 유머 등의 기법을 배워야 제대로 전달이 가능하다고 말합니다. 그러나 가장 강력한 커뮤니케이션은 사랑의 관계, 믿음의 관계입니다. 사랑하면 들립니다. 믿으면 들립니다. 세상의 모든 것은 죽음으로부터 도망치게 합니다. 돈을 벌고, 공부하고, 안주를 추구하는 이유가 무엇입니까? 모두 죽음으로부터 멀리 도망치려는 의도입니다. 그런데 결국 죽음의 함정에 빠져 죽음의 밥이 됩니다.

그러나 사랑을 느끼면 죽음을 향해 갑니다. 희생의 자리로 갑니다. 십자가를 향해 갑니다. 바울은 "우리 산 자가 항상 예수를 위하여 죽음에 넘기울 수 있다."고 외칩니다. 예수의 죽음을 본받기를 원하고 외칩니다. 사랑을 느끼면 죽음이 두렵지 않습니다. 희생이 힘들지 않습니다.

제니퍼 로페스의 〈이너프〉라는 영화가 있습니다. 식당 종업원인 로페스에게 어떤 멋진 남자가 꽃을 주며 데이트 신청을 합니다. 기쁜 마음으로 승낙하려는 순간 뒤의 남자가 소리쳤습니다.

"저 사람과 데이트하지 마세요. 지금 친구랑 내기 중이에요. 데이트 성공하면 200달러를 받는다는 말을 하는 것을 봤어요."

로페스는 자기가 한낱 내기의 대상이 될 뻔한 상황에서 구해 준 그 남자가 고마웠습니다. 그리고 그와 결혼을 하게 되었습니다. 그런데 남편은 폭력을 휘두르며 바람을 피우는 나쁜 사람이었습니다. 또한 식당에서 자신에게 꽃을 준 남자가 바로 남편의 친구라는 충격적인 사실이었습니다. 무슨 말일까요? 식당에서의 일이 모두 조작이었던 것입니다. 조작을 폭로한 자체가 조작이었다는 말입니다. 세상엔 진짜 사랑이 없습니다. 진짜 믿음이 없습니다. 그래서 메마른 것입니다.

스스로가 강해져야만 사랑하는 것이 아닙니다. "여자들은 남자에게 줄 것이 없을 때 떠나고 남자들은 여자에게서 얻을 것이 없을 때 떠난다."는 말이 있습니다. 과연 진정한 사랑도 그럴까요? 부모님의 사랑이 진하게 느껴질 때가 언제인가요? 무엇을 줄 때가 아닙니다. 좋은 것을 주고 싶지만 없습니다. 그래서 안타까워할 때 가장 진한 감동을 받습니다.

자녀도 마찬가지입니다. 좋은 것을 주려고 하나 줄 수가 없어 안타깝습니다. 바로 그때 가장 진한 사랑을 느끼게 됩니다. 주고 싶으나 주지 못하는 마음이 진한 사랑입니다. 사랑은 많이 가지고 있다고 잘하는 것이 아닙니다. 가슴이 있으면 됩니다. 안타까워하면 됩니다. 사랑만이 치유케 합니다. 사랑은 믿게 합니다. 사랑은 들리게 합니다. 그래서 사랑하면 아무것도 없어도 행복합니다.

14

사랑하는 동안에만 용서할 수 있다. 용서하는 것은 가장 고결하고 가장 아름다운 사랑의 형태. 용서는 이 세상에서 듣지 못할 평화와 행복을 그 보답으로 주나니.

로버트 뮐러

조용기

여의도순복음교회 원로목사이며 한국 교회의 아이콘이라고 할 수 있는 여의도순복음교회를 성장시킨 리더입니다. 세계 최대 교회를 이끌고 있는 정신적 지도자로서 신앙을 바탕으로 사랑을 실천하는 삶을 살고 있습니다. 종교계 최대 규모의 사회 복지 시설인 엘림복지타운을 설립하여 사회복지 활동을 펼치고 있으며 NGO 굿피플을 통해 긴급 구호 구제 사업을 감당하고 있습니다. 또한 4천여 명의 심장병 어린이에게 무료 수술을 지원함은 물론 최근 북한에 평양조용기심장전문병원을 건립하여 아픈 사람들의 생명을 살리는 데 힘 쏟고 있습니다.

용서와 화해와 사랑

노르웨이의 한 통계학자 조사에 의하면 지난 인류의 역사 동안 지구상에 14,530번의 크고 작은 전쟁이 일어났다고 합니다. 그것을 계산해 보면 1년에 평균 2.6번의 전쟁이 일어난 것입니다. 이러한 전쟁을 위해 소비되는 돈은 연간 5,500억 달러, 우리나라 돈으로는 약 600조 원에 이릅니다. 한편 오늘날 이 땅에서 기아로 죽어 가는 사람이 하루에 35,000명이나 됩니다. 인류의 문화사는 전쟁사와 같습니다. 이 지구상에는 항상 전쟁과 살육이 자행되고 있습니다.

하나님은 우리에게 용서와 화해, 사랑을 주길 원합니다. 그러나 마귀는 아담과 하와를 하나님과 원수되게 했습니다. 하와를 꾀어 선악과를 따먹게 한 것입니다. 아담과 하와는 하나님의 말씀을 거역하고 반역한 죄로 에덴에서 쫓겨나게 됩니다. 반역자가 된 것이지요. 그때부터 하나님과 사람은 원수가 되어 살았던 것입니다.

마귀는 자기의 뜻을 이루고 기뻐하고 있습니다. 성경에 "너희는 너희 아비 마귀에게서 났으니 너희 아비의 욕심대로 너희도 행하고자 하느니라. 그는 처음부터 살인한 자요 진리가 그 속에 없으므로 진리에 서지 못하고 거짓을 말할 때마다 제 것으로 말하나니 이는 그가 거짓말쟁이요, 거짓의 아비가 되었음이라."고 씌어 있습니다. 마귀는 거짓의 아비입니다. 사람과 사람이 서로 속여서 원한을 갖게 만드는 것이 바로 마귀가 하는 일입니다.

600만 유대인과 수많은 동족을 죽음으로 몰아넣은 히틀러는 많은 사람들에게 강인한 정신력의 소유자로 잘 알려져 있습니다. 그러나 그 자신의 고백에 따르면 그는 평생 귓가에서 조용하게 소곤거리는 소리를 따라 행동했다고 합니다. 히틀러는 마귀가 그의 귓전에서 속삭이는 소리를 듣고 그처럼 잔인한 일을 했던 것입니다.

미움과 파괴의 배후에는 마귀가 있다는 사실을 알아야 합니다. 우리 개인의 마음속에 있는 조그마한 미움과 저주도 마귀에게서 나오는 것입니다. 우리를 도둑질하고 죽이고 멸망시키는 마귀의 행동입니다.

하나님은 예수님의 십자가로 이 미움과 원수 됨을 철폐하시고 화해와 사랑을 가져오셨습니다. 하나님이 2000년 전에 그 아들 예수님을 세상에 보내셔서 모든 죄악을 대신 감당하게 하셨습니다. 십자가를 짊어지고 몸이 찢겨 피 흘리고 죽으심으로 죄를 사하고 하나님과 인간 사이에 화목을 가져왔습니다.

> "그의 십자가의 피로 화평을 이루사 만물, 곧 땅에 있는 것들이나 하늘에 있는 것들이 그로 말미암아 자기와 화목하게 되기를 기뻐하심이라. 전에 악한 행실로 멀리 떠나 마음으로 원수가 되었던 너희를 이제는 그의 육체의 죽음으로 말미암아 화목하게 하사 너희를 거룩하고 흠 없고 책망할 것이 없는 자로 그 앞에 세우고자 하셨으니."

성경에 나오는 하나님의 사람들은 모두 다 용서의 사람들이었습니다. 스데반은 자기를 돌로 쳐 죽이는 사람들을 향해 무릎을 꿇고 "하나님, 저들을 용서하여 주십시오!"라고 기도했습니다. 요셉은 자기를 애굽으로 팔아서 종살이를 하게 만들고 온갖 고초를 겪게 한 형들을 이후 다시 애굽에서 만났을 때 "당신들이 나를 이곳에 팔았다고 해서 근심하지 마소서. 한탄하지 마소서. 하나님이 생명을 구원하시려고 나를 당신보다 먼저 보내셨나이다."라고 용서했습니다. 오히려 형들을 위로했던 것이지요.

다윗은 자기를 집요하게 죽이려고 했던 사울 왕을 용서했고, 아버지의 보좌를 찬탈하고자 반란을 일으켰던 아들 압살롬을 용서했습니다. 또한 반란을 피해 도망가는 다윗에게 돌을 던지며 저주하던 시므이도 용서한 것입니다.

예수님은 인류의 죄를 대신하여 십자가에 못 박혀 고난을 당하면서도 주님을 멸시하고 저주하며 비웃는 무리들을 향해 말했습니다.

"아버지여 저들의 죄를 사하여 주옵소서! 저들은 자기들이 하는 것을 알지 못하나이다."

이렇게 예수님은 용서의 기도를 했습니다.

신종플루로 인해 많은 사람들이 걱정하던 때가 있었습니다. 하지만 그 바이러스는 아무것도 아닙니다. 미움과 복수의 바이러스는 엄청난 파괴력을 가져옵니다. "평온한 마음은 육신의 생명이나 시기는 뼈를 썩게 하느니라."고 했습니다. 또한 "미련한 자는 당장 분노를 나타내거니와 슬기로운 자는 수욕을 참느니라."는 말이 있습니다.

어느 초등학교 여교장이 심한 관절염으로 고생을 하는데 아무리 병원에 가서 치료를 받아도 나아지지 않았습니다. 그래서 목사님을 청해서 기도를 받았습니다. 목사님이 물었습니다.

"언제부터 관절염이 생겼습니까?"

교장은 이렇게 답했습니다.

"남편과 이혼을 한 뒤 관절염이 생겼습니다."

그리고 그녀는 헤어진 남편을 10년 동안 마음속으로 욕해 왔음을 고백했습니다.

미워하고 저주하는 복수심으로 인해 관절염이 낫지 않고 있었던 것입니다. 그러나 상담을 통해 자복하며 기도하고 헤어진 남편을 축복하자 관절염이 깨끗하게 나았습니다. "미움은 다툼을 일으켜도 사랑은 모든 허물을 가리느니라."고 했습니다. 미움은 온갖 결점을 드러내고 흉을 보고 무서운 다툼을 가져오는 것입니다. 그러나 사랑은 잘못한 것을 덮어 주고 감춰 주며 위로와 격려를 주어 하나가 되게 하는 것입니다.

성경에 "그러나 너희 마음속에 독한 시기와 다툼이 있으면 자랑하지 말라. 진리를 거슬러 거짓말하지 말라. 이러한 지혜는 위로부터 내려온 것이 아니고, 땅 위의 것이요, 정욕의 것이요, 귀신의 것이니 시기와 다툼이 있는 곳에는 혼란과 모든 악한 일이 있음이라." 고 씌어 있습니다.

시기와 다툼이 있는 곳에는 혼란과 악이 있고 귀신이 있습니다. 귀신이 마음에 시기와 분노, 다툼을 일으키고 그것에 불을 자꾸 놓아서 고통을 가져와 도적질하고 죽이고 멸망시키는 일을 하는 것입니다.

남아공의 넬슨 만델라 대통령을 기억하십니까. 만델라 대통령은 약 26년 동안 외딴섬의 감옥에 갇혀 있었습니다. 그는 가장 중한 정치범으로 간주되어 면회는 6개월에 한 번 밖에 안 되었고, 편지도 한 통 밖에 허용되지 않았습니다. 흑인이기 때문에 분리주의자인 백인들에게 미움을 받아서 무척 고통을 당하고 감옥에 들어갔습니다.

독방에 갇힌 지 4년째 되던 해에 그의 어머니가 돌아가셨고, 이듬해에 그의 큰 아들마저 자동차 사고로 죽었지만 장례식에도 갈 수 없었습니다. 그의 아내와 딸들은 영문도 모른 채 강제로 집에서 쫓겨났고, 둘째 딸은 우울증에 시달렸습니다.

감옥에 갇힌 지 14년째 되던 해에 그의 맏딸이 아기를 낳았다고 면회를 왔습니다. 그리고 미리 보낸 편지에 아기의 이름을 지어 달라고 아버지에게 부탁을 했습니다. 아버지는 그 딸에게 쪽지를 내주었습니다. 딸은 쪽지를 조심스럽게 펴 보고 그만 북받쳐 오르는 감정을 참지 못해 통곡을 했습니다. 쪽지에는 딸의 이름을 "아즈위(Azwie)라고 하라. 즉, '희망'이라고 하라."고 씌어 있었습니다. 절망 상태에 있는 아버지가 손녀의 이름을 희망이라고 써 주었습니다.

그는 끝까지 포기하지 않았고 드디어 감옥에서 나와 남아프리카공화국의 대통령이 되었습니다. 그리고 대통령 취임 후에 첫 번째 한 일이 당시의 대주교를 위원장으로 하여 '진실과 화해 위원회'를 만들고 용서와 화해를 강조했습니다. 즉 용서하고 화해하는 사회를 만든 것입니다.

미움과 복수심은 자기의 심신을 파괴하고 이웃과의 관계를 훼손시킵니다. 하나님은 예수님의 십자가로 이 땅의 미움과 원수를 철폐하고 화해와 사랑을 가져오고 있습니다.

우리는 용서하며 사는 길을 선택해야 합니다. 모든 사람들은 자신과 타인이 서로 다르다고 해서 원수가 되는 것입니다. 그러나 똑같을 수가 없는 것입니다. 언제나 상대와 나는 다를 수 있다는 것을 이해하고 대화해야 합니다. 나와 똑같이 생각하라고 강요할 권한이 없습니다. 나와 다르다고 욕할 이유도 없습니다. 사람들은 다 자기 개성이 있기 때문에 다를 수가 있는 것입니다. 대화하며 서로 조화롭게 나아가야 합니다.

"서로 친절하게 하며 불쌍히 여기며 서로 용서하기를 하나님이 그리스도 안에서 너희를 용서하심과 같이 하라."는 말이 있습니다. 또한 "누가 누구에게 불만이 있거든 서로 용납하여 피차 용서하되 주께서 너희를 용서하신 것같이 너희도 그리하고 이 모든 것 위에 사랑을 더하라. 이는 온전하게 매는 띠니라."고 했습니다. 용서와 사랑, 이것이 개인과 가정, 사회와 국가를 평안하게 만드는 것입니다.

인도의 성자라고 불리는 간디가 어느 날 폭력배들에게 심한 폭행을 당했습니다. 그 일로 법정의 증언대에 서게 되었는데 간디는 또렷한 목소리로 "저기 앉아 있는 피고인들은 나에게 어떤 원한을 품고 있었기에 나를 때렸을 것입니다. 나의 어떤 잘못으로 인해 그들이 원한을 품었는지 모르겠습니다. 나는 저들을 알지도 못하고 또한 내 개인적으로 아무런 원한도 갖고 있지 않습니다. 저 사람들이 나를 미워한다고 나도 저들을 미워할 이유가 없습니다. 미움은 미움에 의해 풀어지지 않기 때문입니다. 그러므로 나는 저들의 석방을 요구합니다."라고 말했습니다. 자기를 폭행한 사람들을 폭행죄로 감옥에 집어넣지 않고 용서하고 풀어 준 것입니다.

"너는 악을 갚겠다 말하지 말고 야훼를 기다리라. 그가 너를 구원하시리라."는 말이 있습니다. 또한 "내 사랑하는 자들아. 너희가 친히 원수를 갚지 말고 하나님의 진노하심에 맡기라 기록되었으되 원수 갚는 것이 내게 있으니 내가 갚으리라고 주께서 말씀하시니라."고 성경은 말하고 있습니다.

미우라 아야코가 쓴 《빙점》에는 이런 이야기가 있습니다. 한 여인이 눈 덮인 언덕길을 오르고 있었습니다. 왜냐하면 여태까지 어머니로 모셨던 분이 자기 친어머니가 아니었다는 것입니다. 친어머니가 버린 자신을 거두어 키워 준 것입니다. 그것을 알게 된 후 마음에 큰 충격을 받고 고통스러워하며 살 필요가 없다고 생각한 그는 자살을 하려고 산길을 걸어 올라가는 길이었습니다.

눈이 많이 내려서 미끄러운데 조심스럽게 일직선으로 산 위에 올라가서 내려다보니 자기 발걸음이 비틀비틀했다고 합니다. 자기는 똑바로 걸어왔다고 생각했는데 걸어온 발자국을 보니 눈 위에 박힌 자신의 발자국이 삐뚤어져 있었던 것입니다. 그것을 보며 크게 깨닫고 생각을 바꾸었습니다. 그는 자신의 인생에서 길을 선택하고 똑바로 걸어 앞으로 나아간다고 생각했는데 하나님이 보시기에는 완전히 삐뚤어진 인생을 산 것이 될 수도 있겠다고 생각했습니다. 자신이 친어머니를 미워하고 원망해 자살을 하려는 것은 친어머니의 입장을 생각하지 않은 행동이라는 것을 깨닫게 되었습니다. 얼마나 답답했으면 자기 딸을 낳아서 기르지 않고 버렸을까 생각하며 다시 산길을 내려왔다는 이야기입니다.

우리는 모두 아담의 후손이므로 죄인의 한 사람이었습니다. 죄를 짓지 않은 의인은 없습니다. 모든 사람이 죄를 지었음으로 하나님의 영광에 이르지 못합니다. 나만 의인이고 저 사람만 죄인이라고 생각하지 마십시오. 내가 저 사람을 죄인이라고 말할 때 나도 하나님 보시기에는 죄인일 수 있습니다. 우리 모두 다 죄인입니다. 누구나 알게 모르게 죄를 지었으며 또한 회개하며 살고 있는 것입니다. 용서하고 사는 길은 친히 원수를 갚으려고 하지 않고 모든 판단을 하나님께 맡기는 길입니다. 그러므로 우리는 용서와 화해를 앞세워야 합니다.

독일 아우슈비츠의 참담한 수용소에서 생존한 유대인 디무르는 전쟁이 끝나고 1961년에 예루살렘에서 열린 전범 재판 증인으로 소환되었습니다. 재판관은 디무르에게 히틀러의 참모였던 아돌프 아이히만을 가리키면서 "저 사람을 똑똑히 보십시오. 저 사람이 아이히만이 맞습니까?"라고 물었습니다. 아이히만은 수백만 유대인을 죽인 사람입니다. 재판관의 말에 디무르는 한참 그를 바라보다가 갑자기 기절하고 말았습니다.

한참 후에 깨어난 그는 "제가 그 사람을 봤을 때 너무나 순진하고 평범한 사람으로 보였기 때문에 기절했습니다. 그 많은 사람을 무참하게 죽인 사람이 너무나 순진하고 평범한 얼굴이었습니다."라는 대답을 했습니다. 이어서 "나는 그보다 낫다고 생각했는데 그를 막상 만나니까 당장 그를 처참하게 죽이고 싶은 생각이 내 마음에 불꽃같이 올라온 것을 보니 나도 아이히만의 위치에 있었다면 같은 일을 했을 것이라는 생각이 들었습니다."라고 말했습니다. 그러므로 쉽게 비평하지 말고 남의 입장에 서서 충분히 생각하고 하나님께 맡기고 기도해 주는 것이 제일 좋습니다.

언제나 용서와 사랑을 위해 기도하는 것이 좋습니다. 우리는 용서와 사랑을 하기가 힘듭니다. 저도 50년 동안 목회하며 하나님께 기도하고 성령님의 도우심을 받아야 내 마음속에 용서와 사랑이 나오는 것을 체험했습니다. 용서와 사랑은 내 힘으로 안 되기 때문에 성령이 하나님의 능력으로 용서와 사랑을 하도록 만들어 주시는 것입니다.

"우리가 우리에게 죄 지은 자를 사하여 준 것같이 우리 죄를 사하여 주시옵고 우리를 시험에 들게 하지 마시옵고 다만 악에서 구하시옵소서. 나라와 권세와 영광이 아버지께 영원히 있사옵나이다. 아멘. 너희가 사람의 잘못을 용서하면 너희 하늘 아버지께서도 너희 잘못을 용서하시려니와 너희가 사람의 잘못을 용서하지 아니하면 너희 아버지께서도 너희 잘못을 용서하지 아니하시리라."고 말씀했습니다. 내가 하나님 아버지께 용서받은 것처럼 나도 이웃을 용서해야 됩니다. 원수를 갚는 것이 하나님께 있으니 하나님이 갚지 내가 갚아서는 안 되는 것입니다.

미국의 시인 월터 휘트먼은 말년에 여러 가지 질병으로 불행한 나날을 보내고 있었습니다. 그러던 어느 날 의사가 그에게 이렇게 말했습니다.

"저는 의사가 된 지 30년이 되었습니다. 그동안 수많은 환자에게 처방을 해 왔지만 아픈 사람에게 가장 좋은 처방은 사랑이라는 것을 알게 되었습니다."

이 말을 들은 휘트먼은 크게 공감하면서 "그런데 그 사랑이란 약이 듣지 않으면 어떻게 하지요?" 하고 되물으니 의사가 웃으면서 "한 봉지로 처방해서 안 나으면 두 봉지, 세 봉지, 많이 처방을 해야지요."라고 대답했습니다. 한 번 사랑해서 안 되거든 두 번, 세 번, 네 번 사랑하라는 것입니다.

우리가 마지막으로 해야 될 것은 기억에서 지워 버려야 되는 것입니다. 내가 과거에 죄를 수없이 지었는데 하나님께 회개하고 나오면 하나님이 다 잊어버린다는 것입니다. "내가 그들의 불의를 긍휼히 여기고 그들의 죄를 다시 기억하지 아니하리라 하셨느니라." 고 말씀했습니다.

존 브로크먼은 그의 책 《지난 2000년 동안의 위대한 발명》에서 인류의 위대한 발명품 121가지를 소개했습니다. 인쇄술, 전기, 비행기, 컴퓨터, 인터넷 등이 포함되는데 거기에 예외로 한 가지 놀라운 발명품이 포함되어 있는 것이 바로 지우개입니다. 지금까지 발명한 발명품 중에 지우개가 위대한 발명품으로 꼽힌 것입니다. 존

브로크먼에 의하면 지우개가 발명되면서 비로소 인류의 기록 문화가 극적으로 발전하게 되었기 때문이라는 것입니다.

위대한 창조주이신 하나님은 실수투성이인 우리 인생을 위해 예수님의 십자가의 용서라는 지우개를 사용하고 계십니다. 이 지우개가 없었다면 우리 인생은 늘 고칠 수 없는 실수와 죄 가운데에서 빠져나올 수 없었을 것입니다. 용서하며 사는 길은 예수님의 십자가를 가슴에 끌어안고 아픈 상처를 기억에서 지워 버리는 것입니다. 십자가 보혈의 지우개인 것입니다. 십자가의 보혈을 끌어안고 그 모든 원한을 다 지워 버리고 풀어 버리고 그 대신 사랑과 화해를 가져오면 그것이 참 크리스천의 생활인 것입니다.

"하나님이 세상을 이처럼 사랑하사 독생자를 주셨으니 이는 그를 믿는 자마다 멸망하지 않고 영생을 얻게 하려 하심이라."는 말씀처럼 십자가에서 하나님은 모든 우리의 죄를 지워 버린 것입니다. 그리고 두 팔을 활짝 펴고 우리를 있는 그대로 못난 그대로 빈손 든 그대로 받아 주시는 것입니다.

이러한 하나님의 관대한 용서와 사랑, 화해가 아니면 우리는 하루도 하나님 앞에 설 수 없습니다. 우리 모두가 하나님을 정말 사랑하고 의지하고 하나님 뜻대로 살아야 되겠습니다.

제삼자에 대해서 이야기하기는 쉽습니다. 그러나 당사자가 되면 정말 힘든 일입니다. 원한의 바이러스를 용서로 죽이고 마음의 평화와 행복을 갖는 것이 이 세상을 사는 지혜로운 방법입니다.

15

눈물을 거둬들이고 싶은 자는 사랑의 씨를 뿌려야 한다.

베토벤

최일도

장로회신학대학교와 동 대학 신학대학원을 졸업했습니다. 청량리 쌍굴다리 아래에서 굶주린 사람들에게 밥을 퍼 드리며 성경 말씀을 나누는 사랑의 삶을 실천해 왔습니다. 다일영성생활수련원 원장으로 내면의 깊은 성찰을 통해 자신과 만나는 영적 여행을 인도하고 있습니다. 또한 다일복지재단 대표이자 다일천사병원 이사장으로 사회의 소수자와 약자를 섬기고 있습니다. 이제는 국경을 넘어 다일공동체 해외분원을 설립하여 아시아와 아프리카의 소외되고 기댈 곳 없는 이들과 함께하고 있습니다.

상처를 치유하는 하나님

사랑하는 사람들이 곁에 있어서 요즘 제가 행복합니다. 옆에 가까이 있는 사람에게 손을 내밀어 이렇게 인사 한번 해 보세요.

"느낌이 참 좋습니다. 제 곁에 당신이 있어서 행복합니다."

우리 곁에 동안교회가 있어서 다일공동체 가족들이 기뻐하고 행복했습니다. 또 우리 동안교회 곁에 다일공동체가 있어서 동안 가족들이 기뻐하고 행복했을 줄로 믿습니다.

한국 축구가 월드컵 사상 원정 16강 진출을 했던 적이 있습니다. 그때 엄청나게 뿜어 나오던 국민 에너지를 어떻게 표현할 길이 없었습니다. 온 국민들이 함께 기뻐서 들뜬 적이 참으로 오래간만인 듯했습니다. 저는 우리 한국 축구가 나이지리아와 겨뤄서 싸울 때 16강에 나가리라 믿었습니다.

그런데 이렇게 많은 사람들이 열광 또 열광을 거듭하고 있을 때 우리가 잠시 마음을 좀 가라앉히고 깊이 생각해 볼 문제가 있습니다. 이 들뜬 에너지를 상업주의 또는 물질주의와 영합해서 이 민족의 물꼬를 터 가면 기쁨은 오히려 더욱 더 불행한 일이 될 것입니다. 어떻게 해서든지 전 국민들에게 온 즐거운 에너지, 좋은 선물을 우리가 하나님의 뜻에 맞게 선하게 사용하면 더 큰 축복이 있으리라 믿습니다.

이전에 2002년 월드컵에서 우리나라가 16강전을 확정 지었을 때가 생각이 납니다. 어느 TV PD하고 작가가 저를 찾아와서 인터뷰를 요청했습니다. 기쁨을 표현하라는 줄 알고 전 안 하겠다고 했습니다. 그랬더니 그게 아니라 오늘 이렇게 온 국민들이 기뻐하고 있지만 이제 월드컵 다음을 예측해 보아야 하기 때문에 각개 원로들로부터 국민들이 가야 할 길, 해야 할 일들에 대해 조언을 듣고 있다고 했습니다. 그리고 저에게 기독교인의 한 사람으로서 말해 달라고 하는 것이었습니다. “나는 원로도 아니고 지도자도 아니니 할 말이 없다.”고 했더니 그래도 꼭 한마디 해 달라고 요청해서 제가 이렇게 말했습니다.

"여러분, 정말 기쁨은 한국 축구가 이렇게 유럽의 강호들을 물리쳤기 때문에 생기는 것이 아닙니다. 왜냐하면 우리 한국 사람들은 이렇게 기뻐하지만 지금 스페인은 초상집입니다. 얼마나 슬프겠습니까. 우리나라는 기쁜데 진 나라는 괴롭다, 슬프다 이것은 진정한 기쁨이 아닌 것입니다. 우리나라도 기쁘고, 스페인, 이태리, 아르헨티나, 브라질 등 모든 나라가 기쁘고 온 백성들이 함께 기뻐하는 기쁨이야말로 예수 그리스도이십니다."

복음사가들은 예수님에 대해서 증거하기를 "온 백성에게 미칠 큰 기쁨의 좋은 소식"이라고 말했습니다. 예수님이 기쁨의 근원입니다. 축구가 우리를 기쁘게 하는 것은 잠시 잠깐입니다. 오히려 이 기쁨은 우리에게 다시 큰 허무와 고통을 안겨 줄지도 모릅니다.

어지간히 우리 국민들은 기뻐할 일이 없습니다. 이 시대 목사의 한 사람으로서 가슴이 아픕니다. 왜냐하면 제가 우리 국민을 기쁘게 하는 종교인이었다면 얼마나 좋았을까 하고 생각하니 말입니다. 우리나라 정치가 국민들에게 기쁨을 준 일은 얼마 없고 실망을 안겨 준 적이 많습니다. 오늘 우리 한국에 국민을 선도한다고 하는 몇 가지 종교가 있는데, 이 종교가 제 몫을 감당했더라면 아마 축구로 같이 기뻐하기 전에 더 큰 즐거움이 있었을 것입니다.

그런데 제 역할을 해 주지 못했기 때문에 희망과 기쁨을 찾지 못한 국민들의 마음이 월드컵 경기에 한 번에 분출되어 나오는 것이 아닐까 생각해 보았습니다. 이 기쁨과 열광을 이제 우리가 좀 더 지속적으로 그리고 한국 백성들을 살리는 길로 인도하기 위해서는 저는 단 한 가지 길이 있다고 생각합니다. 그것은 이제 우리가 함께 응원하기 위하여 마음과 뜻과 정성을 모은 것처럼, 모였으니까 흩어져야 됩니다. 모였다가 흩어지고, 흩어졌다가 다시 모이는 것을 왕성하게 잘하는 사람이 건강한 사람이고 이를 활발하게 잘하는 사회가 건강한 사회입니다.

심장에 피가 모이지 않습니까? 이 모인 피가 다시 온몸 구석구석 지체에 흩어져야 건강한 사람입니다. 모이지 못하고 막히면 죽습니다. 다시 또 모인 피가 흩어지지 아니하면 그 지체는 병든 지체입니다. 어떻게든지 이 기운들이 분산되어야 합니다.

우리 한국말에 '기분 좋다.' 라는 말이 있습니다. 이 말이 무슨 뜻입니까? 기가 분산될 때 '좋다.' 가 나오는 것입니다. 그런데 기가 분산되지 못하고 막히면 어떻게 됩니까? '기막혀.' 기가 막히는 것입니다. '기가 절단 난다.' 는 것은 기절입니다. '기를 모은다.' 는 기합이지요. 우리 가운데 기합 받아 좋은 사람 있습니까? 기를 모으는 것도 필요할 때나 모으는 것이지 항상 모으면 망합니다. 분산될 때 '가장 좋다.'가 나오는 겁니다. 나누어져야 합니다.

주일날 예배드릴 때 하나님 말씀만 듣고 돌아가는 것은 예배가 아닙니다. 설교는 예배의 한 요소이지 예배의 전부가 아닙니다. 예배가 진실한 예배가 되기 위해서는 하나님 말을 들을 뿐만 아니라 사람과의 기쁨과 슬픔도 나누고 온전한 교제를 회복해야 합니다. 즉 나눔이 있어야 합니다.

우리나라 축구 경기가 있던 날, 제가 다른 교회에서 특강이 있었습니다. 그래서 마음에 갈등이 생겼습니다. 특강을 해야 될지 축구를 봐야 될지 고민이 되었습니다. 그래서 그 교회 담임목사님께 전화를 했습니다. "나 솔직히 가기 싫어요."라고 이야기했습니다. 그랬더니 그 목사님 대답이 아주 걸작입니다. "오셔서 함께 축구를 보시지요. 축구 보고 축복기도 하면 되겠습니다." 그래서 원래 50분 준비한 설교를 50초로 딱 인사 다섯 마디 나누고 설교를 끝냈습니다. 그 인사가 바로 이것입니다.

"반갑습니다. 감사합니다. 사랑합니다. 축복합니다. 아름다운 세상입니다."

이 인사 다섯 마디만 진심으로 함께 나눌 공동체가 있다면 이는 진정한 기쁨의 공동체입니다.

나눔과 섬김이 동안교회와 다일공동에 있어서 얼마나 기쁜지, 얼마나 행복한지 모릅니다. 우리 다일천사병원을 주의 이름으로, 주님의 영광을 위해 함께 뜻과 마음을 모으자고 교회와 교파를 달리하는 사람들이 최초로 모여서 기도한 장소가 바로 동안교회 예배당이었습니다. 예배당에서 기도합주회라는 이름으로 모여 병원 문턱이 높아 병원 한 번 가 볼 수 없는 사람을 위해 우리 정성을 모으자고 했던 것이 95년도, 15년 전 일입니다. 그때로 7년이 지나고 2002년 2월 2일, 청량리 뒷골목에 무료병원인 다일천사병원 준공식을 했습니다. 얼마나 기쁘던 지요. 바로 이게 진짜 기쁨입니다. KBS TV, MBC TV 뉴스 시간에 청량리 뒷골목에 사랑의 병원이 세워졌다고 참 기쁘고 좋은 소식이라고 전하기도 했습니다.

그 당시 동안교회에 새로 부임한 김형준 목사님께서 목사 위임식 때 들어가는 행사비 일체를 간소하게 하고 꼭 필요한 것만 해서 다일천사병원 기자재로 사용하라고 기금을 모아서 병원에 헌금을 했습니다. 그 소식으로 마음이 참 기뻤습니다. 이런 이야기는 축구 16강에 나가지 못한 나이지리아 사람도 들으면 기뻐합니다. 이태리 사람, 아르헨티나 사람, 브라질 사람도, 사회주의 국가들도 이념과 제도, 정치 모든 피부색을 다 초월해서 모든 분이 기뻐합니다. 이것이 참 기쁨이리라 생각합니다. 이런 기쁨이 가슴속에서부터 차고 넘쳐야 되는 것입니다.

그런데 기쁨이 없는 사람은 늘 TV를 틀어 놓고 "TV야! 나 좀 기쁘게 해 다오. 축구야! 나 좀 기쁘게 해 다오."라고 말합니다. 기쁨을 구걸하고 찾아다니는 사람과 달리 마음속에 기쁨의 근원된 예수님과 함께 사는 사람들은 어딜 가도 기쁘리라 생각합니다. 한국 축구가 설령 졌다고 해도 기뻐할 줄로 믿습니다. 이것이 기쁨입니다.

〈날 구원하신 주 감사〉라는 찬양이 있습니다. 이 찬양의 가사는 기쁨의 본질을 꿰뚫고 한마디로 이야기합니다. 이래도 감사, 저래도 감사, 기쁨을 주셔도 감사, 고통을 주셔도 감사, 감사 아닌 게 없습니다. 장미꽃에서도 감사하지만 장미꽃 가시에도 감사, 한국 축구가 져도 감사하는 사람이 되길 바랍니다. 이겨야만 감사, 이겨야만 기쁨이라면 그것은 크리스천으로의 태도와 자세가 아닙니다.

우리 축구가 만약에 월드컵 결승전에 올라가면 그날을 공휴일로 정해서 온 국민이 함께 기뻐하자고 사람들이 이야기합니다. 우리 한국만 그런 게 아닙니다. 아마 결승전에 올라가는 나라 모두 다 같은 마음일 것입니다. 아르헨티나도 결승에 올라가기를 기도했을 것입니다.

하나님이 얼마나 입장이 난처하겠습니까? 한국 사람들이 부르짖어 기도하고 또 나이지리아 사람들 가운데 경건한 신자도 기도할 게 아니겠습니까? 우리는 '꼭 이기게 해 주시옵소서.'가 아니라 '우리 한국 선수들이 자신의 모든 갈고 닦은 역량을 십분 발휘할 수 있도록 주님 도와주시옵소서! 지치지 않게 도와주시옵소서! 실수하지 않게 도와주시옵소서!' 이렇게 기도할 수 있습니다.

제 곁에 사랑하는 사람들이 있어서 행복합니다. 우리 다일공동체 옆에 사랑하는 여러분이 있어서 행복합니다. 한 분 한 분 바라볼 때마다 느낌이 참 좋습니다. "느낌이 참 좋습니다." 이것이 저의 고백이고 이 부족한 사람을 통한 하나님의 메시지라 믿습니다.

이 기쁨이 정말 계속 넘치길 원하면 시간이 날 때마다 만나는 모든 사람들에게 "느낌이 참 좋습니다." 하고 인사를 건네 보세요. 배가 될 것입니다.

"나 여호와가 말하노라! 그들이 쫓겨난 자라 하며 찾는 자가 없는 시온이라 한즉 내가 너를 치료하여 네 상처를 낫게 하리라."

하나님은 너를 치료하여 네 상처를 낫게 하리라 말하고 있습니다. 저는 그동안의 많은 월드컵 축구를 보는 중에 제 마음에 가장 깊은 감동으로 온 영상이 있습니다. 저는 그 장면을 아직도 지울 수가 없습니다. 환상적인 골을 넣는 순간보다 제 마음에 더 깊은 감동으로 오는 장면은 바로 2002년 월드컵 때 히딩크 감독이 포르투갈의 피구 선수를 품에 안아 주는 장면입니다. 피구가 히딩크 품에 안겨 울고 있었습니다. 우는 선수의 등을 쓸어안아 주는 히딩크를 보면서 저는 어린 시절에 아버지를 떠올렸고 또 일찍이 아버지를 잃은 그 상처와 아픔을 씻어 준 어느 중년 신사가 떠올랐습니다.

제가 열다섯 살 때 아버지가 돌아가셨습니다. 중학교 3학년 때의 일입니다. 아버지께서 병으로 앓다 돌아가신 게 아니라 갑자기 심장마비로 별세했기에 어린 저는 그 사실이 너무 가슴이 아프고 상처가 되었습니다. 저는 오랫동안 아버지 없는 상실의 아픔 때문에 고통스럽게 보냈습니다. 하늘이 무너지는 것 같았습니다. 아버지만 돌아가신 것이 아니라 제가 가장 사랑하는 친구도 잃어버리고 자상한 형님도 잃어버린 것 같았습니다. 아버지는 1인 3역을 충분히 소화해 낸 분이었습니다. 제게는 가장 좋은 친구였고 또 형님 같았던 분이 갑자기 돌아가시니 정말 우주의 고아가 된 듯한 느낌이었습니다.

그때 누가 시킨 일도 아닌 데 자원해서 배달을 시작했습니다. 열심히 한 배달이 우유, 신문, 자장면, 계란 배달 등 자전거로 할 수 있는 배달 가운데 안 해 본 것이 거의 없습니다. 저는 그것을 아주 자랑스럽게 생각합니다.

그중에 가장 재미있었던 아르바이트가 계란 배달이었습니다. 자전거 뒤에다가 제 키만 한 계란을 싣고 곡예 운전을 하면서 경기도 부천에서부터 영등포구 구로동, 오류동, 개봉동 일대에 음식점에 계란을 배달했습니다. 그런데 제가 나를 계란들은 하나같이 금이 가고 깨지고 오물이 묻은 것들이었습니다. 소매상에 진열되기에는 좀 어려운 계란을 거대한 부화장에서 미리 다 골라내어 못난 것들을 계란 상자에 실어 가지고 음식점에 배달하는 것이었습니다.

한겨울에 눈이 발목만큼 쌓인 적이 있었는데 출근할 때에는 눈길을 신나게 달려갔습니다. 하지만 배달을 나갈 때에는 눈길을 자전거를 타고 달리다 보면 넘어질 수 있잖아요. 한 번 넘어지면 끝장

나는데 가뜩이나 계란에 금이 가 건질 수도 없었습니다. 핸들을 꽉 잡고 달달 떨면서 갔습니다.

옛날에는 거기를 소사라고 불렀습니다. 복숭아밭이 유명한 그곳은 경기도 부천시에서 영등포로 다시 구로구로 바뀌었습니다. 구로동까지는 짧은 거리가 아닙니다. 그 긴 거리를 달달 떨고 넘어질까 봐 조심해서 걷자니 그 모양새가 한심스러워 보였습니다. 그러던 차에 당시 1차선 아주 좁은 도로였던 경인선 국도에 트럭 하나가 지나간 자리가 보였습니다. '저 트럭이 지나간 자리는 길이 쭉 뚫렸으니까 저기로 페달을 밟고 가면 되겠다.' 싶어서 자전거로 달리기 시작했습니다.

그런데 갑자기 조그만 골목길에서 경인선 국도로 승용차 한 대가 튀어나왔습니다. 브레이크를 밟지 않으면 들이박을 상황이었습니다. 그래서 갑자기 급브레이크를 밟았더니, 미끄러지는데 20미터 정도를 미끄러져 나갔습니다. 중간에 웅덩이가 패여 있었는데, 그 웅덩이를 훑고 지나가면서 흙탕물을 다 뒤집어썼습니다. 살얼음이 깨질 때의 아작 소리가 오랜 세월이 지났는데도 아직도 귓속에 들리는 것만 같습니다.

저는 그때 제 몸 걱정은 안 했습니다. 넘어진 자전거 걱정도 안

했습니다. 순간 계란을 봤습니다. 계란이 20미터 후방에서부터 노란 물을 줄줄 흘리며 다 깨져 있었습니다. 계란 상자들도 다 깨져 있었습니다. 그때 저는 이 세상에 태어나서 처음으로 깊은 절망감 속에 그 자리에 웅크리고 앉아 한 걸음도 움직일 수 없었습니다. 추워서 울었고, 몸이 아파서 울었고, 아버지 생각나서 울었고, 계란이 깨져서 울었습니다. 하여간 속상해서 울고 또 울고 한 30분 동안을 소년 최일도가 그렇게 길에 주저앉아 울었습니다.

한 30분쯤 지나니까 차 한 대가 지나가다가 다시 후진해서 왔습니다. 쓰러진 제 자전거 옆에 차를 세우더니 지금 제 나이의 중년 신사가 내리는 것이었습니다. 그러더니 넘어진 제 자전거를 세워 주고 흩어진 계란 상자도 다 모아서 자전거 뒤에다 묶어 주었습니다. 그리고 쭈그리고 앉아 울고 있는 제 곁에 와서 그분이 말했습니다. 전 그 말을 영원히 잊을 수가 없습니다.

"야, 이 녀석아! 이럴수록 힘을 내야지. 이럴수록 힘을 내야 하는 거야. 널 보니까 꼭 어릴 적 나를 보는 거 같구나. 응?"

저는 그때 너무도 철이 없어서 고맙다는 말도 못했습니다. 그분이 그렇게 쓰러진 제 자전거를 세워 주고 주저앉아 있던 저를 일으켜 주던 그 한마디를 영원히 잊을 수가 없습니다. 그래서 저는 이전에 〈TV는 사랑을 싣고〉에 출연했을 때 그분을 찾고 싶었습니다만 찾을 길이 없었습니다. 어디 사는 누군지도 성도, 이름도 몰랐기 때문입니다. 경인선 국도에 어느 날 자전거를 타고 가다 넘어진 아이를 일으켜 세워 준 분이 누군지 찾을 길이 있겠습니까? 그때 할 수 없이 찾은 아이가 제 생명의 은인 중 한 사람인 전라남도 진도군 조도면 가사도 외딴섬에 살던 섬마을 소년입니다. 여러 번 이사를 가서 수십 년 넘도록 애썼지만 못 찾은 것을 KBS가 이틀 만에 찾아 주었습니다. 그래서 그 아이한테 이 이야기를 했습니다.

"사실은 널 찾으려고 한 것이 아니다. 그분이 보고 싶다."

그 애가 공감이 된다고 이야기를 했습니다.

그분이 지금 살아 있다면 아마 70대 후반이나 80대 초반의 머리가 허연 백발의 할아버지가 되었을 것입니다. 먼저 하늘나라에 가셨는지 제가 방송에서도 여러 번 이야기했건만 그분은 소식이 없습니다. 너무 그립습니다. 그분을 보면 큰절부터 드리고 제 친아버지라 생각하고 아마 그분 품에 안겨서 한없이 울고만 싶을 것 같습니다. 왜냐하면 상처 때문에 울고 있었던 어린 소년을 처음 안아 준 따뜻한 품이 그분으로 기억되고 있기 때문입니다. 제 마음의 상처 때문에 울고 있을 때 주께서 위로의 손길을 이름 모를 중년 신사를 통해 준 것으로 믿습니다.

어느덧 제가 그 중년 신사의 나이가 되었습니다. 벌써 세월이 흘러서 제가 그분의 나이가 되었습니다. 이제 저도 지나갈 때 울고 있는 청소년을 보면 그냥 지나치지 못합니다. 꼭 청소년 시절의 저를 보는 것 같기 때문입니다.

우리 주변에 상처 받지 않은 사람이 어디 있습니까? 많은 사람들이 상처와 고통 때문에 울고 지냅니다. 누군가가 승리감에 도취되어 있을 때 어느 한쪽에서는 상대적으로 패배감에 괴로워하고 울고 지내는 시간이 있습니다. 누군가 밥을 먹고 있을 때 어디선가는 밥을 먹지 못해서 한 그릇의 양식을 간구하는 사람이 있습니다. 누군가 건강을 회복해 기뻐서 춤출 때 어딘가에는 건강을 잃었기에 생명이 단축되어 간다고 통곡하고 절규하며 우는 사람이 있습니다.

지혜자의 마음은 잔칫집에 있는 것이 아니라 초상집에 있는 것입니다. 항상 우리가 내 입장, 내 환경만 생각하는 것이 아니라 나와 반대되는 환경 속에 있는 사람들의 상황을 헤아릴 줄 알아야 그리스도 예수의 마음을 품고 사는 사람입니다.

상처가 없는 사람은 없습니다. 무의탁 노인만 마음에 상처가 있는 게 아닙니다. 윤락 여성만 마음에 상처가 있는 것이 아닙니다. 겉으로 볼 땐 "저 사람은 이젠 뭐 원하는 게 없겠다. 다 가졌다. 다 이루었다. 뭐 부족할 게 있어야지." 할 정도로 보이는 사람도 상처는 다 있습니다. 모두가 위로받고 싶어 합니다. 그리고 모든 사람들에게는 위로가 필요합니다. 이럴 때 먼저 하나님께서 치유의 손길을 보내 주어 치유를 경험한 사람마다 상처받은 사람들의 마음을 보듬어 주는 하나님의 도구가 되어야 합니다.

예수님은 상처받은 치유자입니다. 예수님이 우리의 상처를 씻어 주기 위해 본인 자신이 상처를 받았습니다. 인간이 겪어야 할 모든 고초를 다 겪었습니다. 인간의 성정을 지니고 인간이 당한 모든 고난을 다 겪은 예수님, 그분이 흘린 피와 물이 힘이 되어 우리의 모든 상처는 깨끗이 씻깁니다.

많은 이의 기도와 성원과 격려 덕분에 다일천사병원이 우뚝 세워졌습니다. 이 병원에 상처받은 사람들이 와서 치유를 받을 것입니다. 저는 다일천사병원을 병원이라고 이름 짓는 게 싫습니다. 병이 모인 곳이 병원이 아닙니다. 왜 병원이라고 할까요? 그곳을 치유원이라고 했으면 좋겠습니다. 여하튼 살리는 곳으로, 어떻게 해서든지 희망이 없던 사람들이 와서 희망을 발견하고 죽어 가는 사람들이 와서 새 생명을 얻어 가면 얼마나 좋을까요. 이 마음 하나 가지고 여러 사람의 뜻을 모아서 병원을 세웠습니다.

이 병원 운영은 천만 기독교인의 몫입니다. 병원이 세워졌지만 이를 운영하는 책임이 우리에게 있다는 것입니다. 그동안 다일천사병원을 지으면서 어느 독지가들이 몇 억씩 내려는 것을 여러 번 거절했습니다. 전직 대통령 아들이 5억을 주었지만 거절했습니다. 그분이 죄인이라서 그 돈이 더러워서 거절한 것이 아닙니다. 죄인인지 판단하는 것은 사법부의 몫이라 생각하고 저는 오히려 죄인을 친구로 삼고 싶은 사람입니다. 거절한 이유는 다른 것이 아닙니다. 그분이 낸 돈에는 눈물이 없었습니다. 정성과 땀이 없어서 거절한 것뿐입니다.

오히려 세상 모든 사람에게 죄인의 대명사가 된 588의 윤락 여성들, 몸을 파는 창녀들이 내는 성금 47만 5천 원이 이 병원을 건축하는 데 제일 처음 기금으로 모인 돈입니다. 저는 그것을 매우 기쁘고 자랑스럽게 생각합니다. 왜냐하면 그 돈에는 눈물이 담겨 있고, 그분들의 정성이 있고, 마음과 뜻이 모여 있기 때문입니다.

물질주의 시대에 돈이면 다 된다는 생각을 과감히 뿌리칠 수 있는 우리가 되길 축원합니다. 돈이 아닙니다. 돈보다 더 소중한 것이 있습니다. 그런데 이미 지난 일이지만 월드컵의 열기가 자칫 돈으로 다 계산되고 환산되는 것을 경계해야 합니다. 하나님이 돈이 없어서 그분의 일을 못합니까? 돈이 아니라 우리의 마음과 정성, 뜻이 모일 때 놀라운 구원의 역사, 생명의 역사가 계속 넘치게 될 줄 믿습니다.

하나님께서 "나 여호와가 말하노라! 그들이 쫓겨난 자라, 하며 찾는 자가 없는 시온이라 한즉"이라 말한 것처럼 많은 사람들이 나는 쫓겨난 사람이라고 말합니다. "나는 갈 데가 없습니다." 이렇게 말하는 사람이 얼마나 많은지 모릅니다. 그래서 길에서 자다가 얼어 죽은 사람이 2천 명이 넘게 나오는 도시가 서울입니다. 수도권에서만 2천 명 넘는 사람이 애도하는 사람도, 슬퍼해 주는 사람도 없이 그냥 길에서 자다가 얼어 죽습니다. 그중에서도 제일 많은 사상자가 나오는 데가 동대문구입니다.

그래서 동대문구 구청장에게 또는 서울 시장에게, 총리, 대통령에게 수없이 많이 이야기를 했습니다. 이분들을 위해 무료 숙소와 식당이 있어야 한다고 부르짖었습니다. 매해마다 이야기한 결과 2002년 서울시에서 노숙자를 위한 건물을 짓겠다고 약속했고 그

건물이 청량리 쌍굴다리 옆에 구유지에 지어졌습니다.

정말 위로가 필요한 사람이 아직도 도처에 너무 많이 있습니다. 상처와 아픔 때문에 비명 과 신음 속에 살아가는 사람이 참 많이 있습니다. 자칫 들뜬 축제와 열기에서 그분들을 소외시켜서는 안 됩니다. 누군가가 그들을 찾아가야 합니다. 오히려 이렇게 모아진 국민 에너지가 오늘 이 시대의 소외된 이웃들을 향해 뻗어갈 수 있다면 좋겠습니다. 거기까지 흩어져서 이 사랑을 실천할 수 있다면 우리 국민들을 하나님이 높이 들어서 귀한 나라와 백성으로 쓸 것입니다. 우리를 존귀하게 사용하기 위해 지난 월드컵의 기쁨을 주신 것이라 생각해 봅니다.

16

부모의 사랑은 내려갈 뿐이고 올라오는 법이 없다. 즉, 사랑이란 내리사랑이므로 자식에 대한 부모의 사랑은 자식의 부모에 대한 사랑을 능가한다.

엘베시우스

홍정길

현재 남서울은혜교회의 담임목사로 올해까지 국제복음주의학생연합회 국제 이사장을 맡아 한인유학생들에게 하나님의 사랑을 전했습니다. 숭실대학교 철학과와 총신대학교 신학대학원을 졸업하고 밀알선교단 이사장으로 정서장애 아동을 위한 밀알학교를 건립해 장애인과 비장애인이 하나님 안에서 하나 되는 사랑의 모델을 마련했습니다. 또한 평화통일을 위한 남북나눔운동 회장으로 북한과 연변에 한민족의 사랑을 나누는 사역을 하며 모두가 함께 사는 세상을 위해 '사랑과 나눔'을 실천해 오고 있습니다.

네 부모를 공경하라

"너는 네 하나님 여호와께서 명령한 대로 네 부모를 공경하라. 그리하면 네 하나님 여호와가 네게 준 땅에서 네 생명이 길고 복을 누리리라."

국립극장 60주년 기념으로 공연하고 있는 〈심청전〉을 관람을 했습니다. 어렸을 적부터 많이 들어 와 너무나 잘 아는 우리의 고전, 〈심청전〉이 새롭게 해석되어 뮤지컬 〈청 이야기〉로 나온다 하여 기대를 가지고 봤습니다. 판소리에서는 명창이 홀로 노래했던 〈심청전〉이 이 극에서는 여러 배우가 역할 분담을 하여 노래를 하고 또 강조할 부분은 합창을 하는 등 많은 부분이 각색이 되었습니다. 특히 국악 오케스트라가 전체 음악을 연주하는데 그 선율 속에 흠뻑 빠졌습니다. 오랜 만에 우리 국악에 심취하여 좋은 저녁을 보냈습니다. 심청이의 이야기와 우리 핏속에 흐르는 가락에 맞춰 웃고 울며 감동했던 시간이었습니다.

극을 보면서 우리 문화의 좋은 가치를 재발견하여 다시 내놓으면 세계의 오페라 못지않겠다는 생각을 했습니다. 그런 감탄과 함께 의문도 들었습니다. 우리가 너무나도 잘 아는 이야기이고 어떻게 보면 진부하게 여겨지는데도 불구하고 감동을 주는 이유는 무엇일까. 그 이유는 부모가 자식을 사랑하고 자식이 부모를 사랑하는 마땅한 이야기이기 때문이었습니다. 이치와 도리에 맞는 것이 널리 표현되는 것보다 더 가치 있고 아름다운 것이 있을까 싶습니다.

"너는 네 하나님 여호와께서 명령한 대로 네 부모를 공경하라. 그리하면 네가 약속하신 땅에서 잘 되고 장수하리라." 성경은 부모를 공경하는 것을 창조주 하나님의 명령이라고 말합니다.

부모를 사랑하고 공경하는 일은 예수님을 믿든지 믿지 않든지 모든 문화권에서 볼 수 있습니다. 모든 종족들은 부모를 섬기는 것을 덕목 중에 덕목으로 여기고 있습니다. 그러나 가족이 해체되면서 부모를 공경하는 옳은 의식도 함께 희박해져 가고 있습니다. 전

통적인 가족관계가 무너지고 같은 집에 살면서도 "밥은 먹었느냐." 며 챙기지 않고 대화가 끊긴 부모와 자식을 종종 볼 수 있습니다. 즉, 부모가 사라지는 시대가 온 것입니다.

그러나 인간관계가 어디서부터 시작됩니까. 모든 사람은 태어날 때에 아버지와 어머니 사이에서 태어나고 부모와 자식 간의 관계가 인간관계의 첫 시작이 됩니다. 우리는 이를 잊지 말고 부모를 공경해야 합니다. 공경이라는 뜻은 바로 무겁게 여기라는 말입니다. 부모님이 연로해지면 그 육체가 쇠잔해져서 가벼워집니다. 이제껏 가진 경제적 능력이 사라져서 자식인 우리에게 의지를 할 때가 있습니다. 이러한 것으로 부모를 업신여기는 것을 막기 위해 성경에는 '부모를 공경하라'고 계명으로 명시되어 있습니다.

부모를 존경하는 방법은 순종입니다. 그리고 순종한다는 말은 잘 들어주는 것과 동일합니다. 귀를 기울인다는 말입니다. 우리들이 어릴 때는 부모에게 절대적으로 의존하기 때문에 부모의 모든 말에 귀를 기울였습니다. 그러나 세월이 흘러 우리 자신도 인생을 살면서 하나둘씩 경험을 축적합니다. 그리고 우리 부모가 나보다 더 못 배운 것에 대해서 또는 과거 지식의 한계에 갇힌 것을 보게 됩니다. 이에 잘못하면 우리는 부모를 가볍게 볼 수 있습니다. 그러나 능력의 높낮음에 상관없이 그 말을 들어주는 것이 바로 공경이고 순종입니다.

아버지 하나님의 말씀에 예수님은 순종했습니다. 예수님의 유년기는 두 가지 모습으로 크게 나눌 수 있습니다. 첫째는 예수님이 점차 자라면서 지혜가 충족되고 하나님의 은혜가 충만한 모습입니다. 둘째는 하나님과 사람 앞에 칭찬과 사랑을 받는 모습입니다.

이렇게 훌륭한 모습으로 장성한 예수님은 그의 30년 생애 동안 부모를 순종하며 받들었습니다. 단 한 번 부모의 속을 썩인 적이 있다면 하늘의 아버지, 하나님에게 순종하기 위해서였습니다.

예수님이 열두 살이 되었을 때, 유월절 절기의 관례에 따라 부모님과 함께 예루살렘으로 갔습니다. 그리고 절기가 마침에 따라 집으로 돌아가는 길에 예수님은 홀로 예루살렘 성전에 머물렀습니다. 그러나 부모는 이를 알지 못하고 동행하는 줄로 생각하고 하룻길을 갔습니다. 나중에 보니 예수님이 없다는 것을 깨닫고 사흘째가 되던 날 성전으로 다시 되돌아 왔습니다.

성전에 있는 예수님을 보고 어머니 마리아가 "네가 왜 여기 있느냐."고 말합니다. 이에 예수님은 "내가 내 아버지 집에 있어야 될 것을 알지 못하셨습니까."라고 답합니다. 즉 '어머니는 내가 누구로부터 왔는지 가장 잘 아시잖아요. 내가 우리 아버지 집에 있어야 할 것을 어머니는 아시잖아요.' 라는 뜻입니다. 예수님은 하늘 아버지, 하나님의 말씀을 따르기 위한 단 한 번을 빼고는 부모를 섬기는 모습을 보였습니다. 그리고 그 후로 어른이 되어 독립한 후로는 아버지 하나님의 명령에 순종하는 모습을 보입니다.

순종으로 예수님은 십자가에 못 박혀 매달리기까지 했습니다. 예수님이 하나님으로부터 받은 사역은 온 세상의 죄를 대속하는 것이었습니다. 그리고 하나님으로부터 우리 모두가 용서 받아야 하는 인생이기에 "아버지여, 저들의 죄를 용서하여 주옵소서. 저들은 자기가 하는 일을 알지 못합니다."라고 기도했습니다. 그 후에 예수님은 십자가 아래에서 사랑하는 아들이 못 박힌 모습을 보고 가슴 아프게 우는 어머니를 향해 기도합니다. "보소서. 아들입니다." 예수님은 슬픔 속에 갇혀 있던 어머니가 그 아픔과 고통에서 깨어나기를 원했던 것입니다. 그리고 곧 이어서 "요한아. 내 어머니를 네게 부탁한다."라고 말하셨습니다. 예수님은 그 가운데서도 자기 어머니를 챙기고 위로하며 그 후 대책까지 세워 놓았던 것입니다.

이에 사도 요한은 예수님의 어머니인 마리아를 평생 자기 어머니처럼 모시고 살았습니다. 지금도 에페소에 가면 산등성이에 마리아 집이 있습니다. 그곳에 사도 요한이 예수님의 어머니가 세상 떠나는 날까지 섬겼다는 전설이 기록되어 있습니다.

우리는 큰일하면 작은 일을 안 해도 되는 것처럼 생각합니다. 사회적 신분이 높은 분들이 간혹 국사가 중요해서, 교회 일이 바빠서 부모님을 공경하는 것을 소홀히 하는 것을 봅니다. 그런데 예수님보다 큰일을 한 사람이 어디 있습니까. 자신의 유익 때문에 부모를 하대하는 이들을 보고 예수님은 크게 꾸짖습니다.

예수님께서 하나님을 잘 믿는다고 자타 공인했던 바리새인들을 만났습니다. 이들은 하나님이 우선이라고 해서 다른 가난한 사람 도와주어야 할 때에도 가난한 사람 돕는 것보다 하나님의 일을 한다고 하고 하지 않았습니다. 또 부모를 도와주어야 할 때에도 하나님 일을 핑계로 부모의 생활 일을 도와주지 않았습니다. 이처럼 바리새인들이 하나님을 섬긴다고 하면서 자기 부모를 공경하지 않는 것을 보고 예수님은 "이 독사의 자식아. 회칠한 담이요."라고 호통쳤습니다.

부모를 공경하라는 명령 앞에 우리가 바로 설 때에 우리의 인생은 올바르게 되어집니다. 성경은 "자녀야. 주 아래에서 네 부모에게 순종하라. 이것이 옳으니라. 네 아버지와 네 어머니를 공경하라. 이것은 약속이 있는 첫 계명이니."라고 명시하고 있습니다.

효도하는 것에는 축복이 약속되어 있습니다. 부모를 존경하면 장수와 형통의 복이 깃들게 됩니다. 왜냐하면 사람의 진정한 행복은 인간관계에서 오기 때문입니다. 태어나서 처음 맺는 부모와의 관계가 바로 되면 그다음 인간관계는 쉽습니다. 어릴 적에 아이가 부모의 외면 속에 자라고 부모에게 버림받았다고 생각하며 자라면 그 아이는 평생 다른 사람을 만날 때도 내가 업신여김을 당할까 혹은 버려지지 않을까를 노심초사하게 됩니다. 그러나 부모에게 사랑을 받고 또 올바르게 부모를 사랑하는 사람은 상대방의 행동에 하나하나에 전전긍긍하지 않고 다른 이를 좋아할 수 있습니다. 그리고 그 호감은 상대방에게 전해져 서로가 함께 긍정적인 관계를 키워 나갈 수 있습니다. 그러한 인간관계는 그 평생에 아름답게 유지됩니다.

또한 부모와의 올바른 관계를 맺어 다른 사람과의 인연도 잘 가꾸는 이는 장수할 수밖에 없습니다. 돈이 많기 때문에 행복하게 사는 사람은 저는 별로 못 보았습니다. 외롭고 쓸쓸하고 답답하고 고독하기만 한 것이 높은 신분입니다. 하버드대학교 연구팀이 1930년

대 말에 하버드대학교에 입학한 2학년생 268명의 삶을 72년간 추적하며 행복의 조건을 조사했습니다. 이 연구 결과는《행복의 조건》이라는 책으로 나와 행복의 요소에 대해 알려 줍니다.

이 연구팀은 기쁘고 만족된 인생은 인간관계에 달려 있다고 결론을 짓습니다. 그리고 행복은 결국 사랑이라고 합니다. 돈이나 환경 조건이 행복의 요소가 아닌 셈입니다. 사람이 좋은 인간관계를 맺어 놓으면 노년이 행복하다고 합니다. 인간관계가 잘못된 사람은 재물을 많이 가져서 오히려 허탈하고 신분이 높기에 더 외로운 인생을 산다고 합니다.

부모를 공경하고 어른을 존중하는 것은 사람과 사람 사이를 세울 뿐만 아니라 땅도 함께 번성합니다. 유럽 왕조의 경우, 통치 기간이 대부분 100년에서 200년이라고 합니다. 거듭된 전쟁으로 왕조가 바뀌고 다른 왕이 이를 계승하는 등의 역사가 계속되어 왔습니다.

그런데 유일하게 로마는 천 년 왕국을 세웠습니다. 그 비밀에는 로마의 원로원이 있습니다. 로마에서 나이 든 사람 가운데 가장 지혜로운 사람을 모아 그들의 삶의 지혜와 경륜을 기본으로 나라를 다스렸습니다. 인생은 아무리 오래 살아 봤자 백 년, 3만 5천6백 일밖에 되지 않습니다. 그러나 역사는 계속 실패와 성공을 반복합니다. 이 기나긴 역사 속에서 이전 사람들의 지혜를 자산으로 삼지 않으면 계속 시행착오만 하게 됩니다.

로마는 이러한 거듭된 실패를 막기 위하여 원로원이라는 제도를 두었습니다. 이제까지 선인들이 삶으로 체득한 지혜를 축적하고 인생의 경험이 풍부한 사람들로 하여금 그것으로 나라를 다스리게 했습니다. 그것이 세계 역사상 가장 강대한 국가 로마를 만든 초석이 되었다고 합니다.

하나님의 자녀가 이 땅을 살면서 반드시 붙잡아야 할 열 가지 계명이 있습니다. 이 계명 중 아홉 가지는 내가 숨이 붙어 있는 날까지 나와 늘 함께 합니다. 잘못하면 회개하고 고칠 수 있습니다. 그런데 딱 한 계명만 시간의 제약을 받습니다. '네 부모를 공경하라.' 이 계명은 부모님이 살아계시는 그날까지만 유효합니다. 그때까지만 사랑할 수 있습니다. 장수와 형통의 복이 있는 부모 사랑은 다른 사랑과 달리 지금이 아니면 행할 수 없습니다. 부모와 함께 있는 이 시간 사랑하지 않으면 남은 평생에 우리는 후회하게 됩니다. 나의 자식들이 내 속을 썩일 때, 아파하면서 생전 부모에게 불효했던 것이 더 서럽고 가슴 아파집니다.

평생을 걸쳐 잊지 말아야 할 가장 중요한 것, 그것은 바로 부모의 마음을 헤아리는 것입니다. 우리 곁에 있을 때 부모가 자식을 사랑하는 만큼은 못 미치지만 일부분만이라도 부모에게 사랑과 정성을 쏟아야 합니다. 늦은 후회를 하기 전에 부모의 말을 잘 경청함으로 사랑하는 마음을 전하고 진정으로 어버이 은혜에 보답해야 할 때입니다.